KB261488

행복한
사람처럼 생각하고
성공한
사람처럼 행동하라

행복한 사람처럼 생각하고
성공한 사람처럼 행동하라

초판 1쇄 발행 2010년 3월 30일

글쓴이 | 박영실 · **발행인** | 박영호 · **편집책임** | 박우진
편집팀 | 김영주, 김정아, 최미라 · **관리팀** | 임선희, 김성언, 정철호 · **기획 영업팀** | 박민우 · **인쇄** | 유림문화사
펴낸곳 | 도서출판 하우 · **등록번호** | 제2008-13호 · **물류센터** | 서울시 중랑구 망우동 364-18 1층
구입문의 | 02-922-7090 · **팩스** | 02-922-7092

값 10,000 원
ISBN 978-89-7699- 687-9   03810

행복한

성공한

박영실 글

도서출판 夏雨

추천사

　박영실 원장은 영리한 외모처럼 방송에서 간결하고 위트 있는 멘트를 하는 데 능하다. 이 책을 통해 저자는 자신이 접촉한 여러 인사들의 인간적인 장점 중 핵심적인 사항만을 예리하게 파악하여, 그녀답게 아주 짧은 문장으로 우리에게 전달해 준다. 독자는 많은 사람들을 만나지 않고도, 인간의 복잡한 삶의 영역을 일일이 다 들여다보지 않아도, 저자에 의해 그 경험을 전수받을 수 있게 된다. 매력적인 인간관계를 꿈꾸는 사람이나 행복한 성공을 바라는 사람들에게는 돈으로 살 수 없는 성공의 나침반을 제공해 줄 것이다.

김병후

(김병후 정신과의원 원장, KBS 아침마당 금요 생생토크 고정패널)

늘 만나면 힘이 되는 사람이 있다. 얼굴에는 웃음꽃이 질 줄 모르고, 내 이야기를 마음의 귀로 진심을 다해 들어주며, 변함없이 나를 응원해 주는 사람. 바로 박영실 그녀다. 그런 그녀가 자신의 인생길에 나침반이 되어준 스승들이 '사람'을 통해 어떻게 행복한 성공을 이뤄냈는지, 그 비법이 담긴 책을 펴냈다. 그 소중한 경험들을 공유해 주는 것만으로도 감사한 일인데, 그녀의 인생길에 나 역시 하나의 나침반이었다고 여겨주니 너무나 부끄럽고 더 없이 감사할 따름이다. 사람의 힘을 아는, 사람의 힘을 갖고 있는 그녀, 박영실. 그런 그녀의 손을 통해 세상에 나온 이 책은 사람을 얻는 자가 성공한다는 진리를 그 어떤 책 속의 이야기보다 가슴에 와 닿게 전해줄 것이며, 누구나 다다를 수 있지만 또 아무나 다다를 수 없는 행복한 성공의 길로 당신을 안내해 줄 것이다.

김진형

((주)남영비비안 대표이사 사장, 숙명여자대학교 자문위원)

　　이 책은 행복한 성공을 이루는 사람들의 공통분모로 7가지, 즉 마음, 매력, 브랜드, 소통, 실패, 화목, 희망을 소개한다. 사람의 마음을 끌어당긴 행복한 성공비법을 명쾌하게 알려준다. 행복한 성공은 곱셈의 법칙이 적용된다. 그래서 무엇이 하나라도 부족하면 결과는 제로가 된다는 사실을 자연스럽게 깨닫게 해준다. 총 49가지 꼭지를 모두 다 읽은 후에는 성공에 성큼 다가설 수 있을 것이다. "사람이 행복과 성공의 힘이다"는 비결을 박영실 원장의 생생한 경험을 토대로 알려준다. 쉽고 재미있어 단숨에 읽을 수 있다. 직장에 다니는 사회 초년생이든 중간관리자든 CEO든 누구든지 행복한 성공을 꿈꾼다면 이 책을 권하고 싶다.

양병무

(서울사이버대학교 부총장, 주식회사 장성군의 저자)

　　나와 너에 대한 관심, 배려, 칭찬, 격려를 꾸준히 강의하고 실천하고 생활하는 서비스 전도사인 박영실 원장이 벌써 5권째 고객과의 관계 증진을 위한 책을 출간했다. 출간이 거듭될 때마다 녹아내리는 서비스 마인드의 향기와 가르침은 더욱 진하게 가꾸어지고 있다. 사례 하나하나가 저자 스스로의 생활체험에서 가꾸어지고 열매 맺었기에 더한 향기와 감동으로 내면에 머물게 된다. 우리의 생활 주변에 저자의 기대하는 염원이 알뜰하게 채워지고 가꾸어지길 거듭 기대해 본다.

허태학

(삼성석유화학 상담역, 前 삼성에버랜드 대표이사 사장)

프롤로그

　전망 좋은 사무실에서 만족스러운 표정으로 기지개를 켜며 창밖을 바라보는 자신의 모습을 꿈꾸어 본 적이 있으신지요? 바로 그 목표를 달성하는 기간을 획기적으로 단축시킬 수 있는 효과적인 비법이 존재한다면 알고 싶을 겁니다. 오늘날 행복과 성공을 움켜쥐는 효과적이고 적절한 힌트들이 있습니다. 사회생활 및 인간관계에서의 성취감과 유대감을 높이고 보다 행복한 성공의 길로 올라가는 비법. 그 비법은 바로 사람입니다. 사람은 힘이 세지요. 꿈을 이룬 사람의 곁에는 늘 사람이 있었으니까요. 그들은 이룰 수 없는 꿈을 꾸고, 잡을 수 없는 사람을 잡았습니다. 대학교를 이제 막 마친 사회 초년생이나 사회적으로 저명한 CEO나 누구든지 행복을 꿈꾸지요. 행복을 앞당겨 주는 진짜 성공도 하고 싶은데, 성공을 위해선 사람이 필요합니다. 사람을 얻으려면 마음을

얻어야 하구요. 사람은 능력보다 강해서 성공한 사람들의 사
전 첫머리에는 늘 '사람'이 있었습니다.

행복한 자는 막대기를 심어도, 성공나무로 자란다

　성공에 가장 좋은 양념은 사람이고, 행복에 가장 좋은 향
료는 희망입니다. 그래서 행복한 자는 막대기를 심어도, 성
공나무로 자라지요. 성공한 사람은, 자신의 결점은 드러내고
타인의 약점은 잊어버립니다. 그래서 성공한 사람의 얼굴은
하나의 풍경이었던가 봅니다.

　이 책은, 행복한 성공을 이루는 사람들의 공통분모로 7가
지를 소개합니다. 마음, 매력, 브랜드, 소통, 실패, 화목, 그
리고 희망의 힘으로 사람의 마음을 끌어당긴 그들의 행복한
성공비법을 각각 7가지 꼭지로 소개하지요. 소개 순서는 중
요도의 순은 아닙니다. 때문에 꼭 순서대로 읽을 필요는 없

습니다. 마음이 가고 눈이 가는 부분을 먼저 보아도 좋습니다. 또는 자신이 가장 부족하거나, 키우고 싶은 부분을 먼저 보아도 물론 좋습니다. 하지만, 행복한 성공은 곱의 법칙이 적용되기에, 무엇 하나 부족하면 결과는 제로가 된다는 사실을 기억해 주세요. 그러니 읽는 순서는 자유지만, 총 49가지 꼭지를 모두 다 읽으시는 것이 좋겠지요. '사람'이 행복과 성공의 힘이라는 비밀은 꼭지 꼭지마다 골고루 스며들어 있으니까요. 2007년도에 낸 '행복한 마음경영으로 고객을 초대하는 34가지 감성서비스' 출간 이후, 3년만입니다. 책을 마무리 하려 할 때마다 필자의 마음을 움직이는 '또 다른 이야기'가 생겨 이어서 쓰고 쓰다 보니, 짧지 않은 시간이 흘러버렸네요. 그러다 '과연 내가 완벽하게 쓴 걸까?' 라는 생각에 걱정이 앞서기도 했습니다. 하지만, "책은 완벽한 사람이 쓰는 것이 아니라 겸손한 사람이 쓰는 것입니다."라는 말에 힘을 내어 봅니다.

이 책을 한 번 읽는다면 '사람'을, 두 번 읽는다면 '성공'

을, 세 번 이상 읽는다면 '행복'을 조금 더 빠르게 움켜 쥘 수 있기를 바랍니다.

사람향기 풍기는 마음부자가 성공한다

'수신제가(修身齊家)면 치국평천하(治國平天下)' 필자가 참 좋아하는 말입니다. 이 말의 뜻처럼 자기 자신의 몸과 마음을 아끼고 수양하면 한 나라를 다스릴 정도로 성공할 수 있습니다. 성공한 사람 중에 인간관계에 문제가 있는 사람은 거의 없더군요. 그런 사람들은 상대방의 마음을 제대로 읽어 내고, 상대방의 입장을 배려하는 자세로 자기가 원하는 것을 얻어냅니다. 하지만 그 속에서 결코 위선이나 과장된 포장은 보이지 않지요. 있는 그대로의 자신을 보여주고 상대로 하여 금 스스로 다가오게 만듭니다. 그런 사람 주위에는 언제나 좋은 사람들이 모여드는데, 이유는 사람향기가 나고 마음부 자이기 때문이지요. 필자는 낯을 너무 가려서 좋은 사람들과 더 많이 함께 할 수 있는 기회를 놓친 적도 많았습니다. 사람을 턱하니 한 번 보고서는 탁하니 그 사람을 판단한 적도 많았고요. 저와 감성코드가 맞는 것 같은 느낌이 오면 다가섰지만, 아닌 것 같으면 뒷걸음질을 쳐버리기도 했습니다. 그런데 아니었습니다. 그러면 안 되는 것이었습니다. 제게 다가와 주었던 고마운 사람들. 제가 그토록 닮고 싶은 사람들은 저와 달랐습니다. 첫눈에 상대를 자신만의 잣대로 판단하지 않았고, 자신이 좋아하는 사람만을 찾은 것이 아니라, 만나는 사람들이 자신을 좋아하게 만들었습니다. 그게 차이였습니다.

저의 주변에는 감사하게도 가난한 사람이 많지 않더군요. 여기서 가난한 사람이란, 너무 많이 가지려는 자라는 의미입니다.

자신이 가진 것에 만족하고, 부족함은 사람의 도움으로 채울 줄 아는 사람… 바로 마음부자가 주변에 많은 저는 가장 부자입니다.

인생길의 나침반이 되어준 스승을 소개하다

저는 가끔씩 달리던 길을 멈추고, 잠시 쉼표를 찍어봅니다. 내 인생길이 어떤 모양인지, 그리고 누구와 함께였는지를 회상해 보면, 미소도 지어지고, 고개가 숙여지기도 합니다. 때로는 화가 나고, 눈물이 흐를 때도 있고요.

그 수많은 인생의 동반자 중, 다시 한 번 돌아가서 만나고 싶고, 인생길의 나침반이 되어준 필자의 스승들에게 감사드리며 그분들의 사람을 통해 얻은 성공을 소개합니다. 이분들의 크고 작은 가르침을 통해 저는 배웠습니다. '사람이 성공이고 행복은 쉽다' 는 것을…

아무쪼록, 여러분의 행복과 성공의 나침반으로, 제가 나눈 경험들이 조금이나마 가치 있기를 바라며…

두 손 모아 **박영실** 올림

차례

관계를 만드는 소통의 힘 7가지

세상을 움직이는 부드러운 힘

신뢰감 주는 소통력으로 상대의 마음을 자신의 편으로 만드는 사람들

멘토는 힘이 세다!

미련한 사람은 상대의 단점을 들춘다!

칭찬은 행복한 부담감이다!

가장 멋진 소통은 배려다!

사람을 얻고 싶다면, 먼저 좋아하라!

세상을 움직이는 부드러운 힘

'기.쁨.의.통.로…….^^' 내 다이어리에 쓰여 있는 이 다섯 글자가 필자를 보며 미소 짓는다.

글씨가 동글동글한 것으로 미루어보아 그 당시 무척 기분이 좋았던 것 같다. 다시 보는 지금도 무척 기분이 좋아진다. 이 다섯 글자를 보니……. 더군다나 나의 인생의 멘토인 분에게 들은 말이라서 그 의미가 더 깊고 샘솟는 것일 거다.

"박영실 원장은 볼 때마다 사람과 사람 사이에 기쁨을 연결해 주는 그런 역할을 하는 것 같아요! 기쁨의 통로라고나 할까요? 상당히 큰 힘이지요."

예전에 이경숙 이사장이 숙명여대에서 총장으로 근무할 당시 교직원 대상 콜로퀴움에서 '성공적인 이미지메이킹전략'에 대해 특강을 했다. 조금 일찍 도착해서 강의준비를 하고 있는 필자에게 반갑게 다가오면서 "학생들이 선생님을 기다려야 하는 건데……. 선생님이 먼저 오셨네요!"라며 환하게 미소 지으며 악수를 청해 주시던 모습……. 부족한 나의 강의를 들으면서 은은한 미소와 함께 연신 고개를 끄덕이며 힘을 실어주시던 모습들이 생생하다.

조명이 조금 어두운 중식당에서 자문위원 모임이 있던 어느 날, 검은색 정장을 입어서 더욱 칙칙해 보이는 나와는 달리, 화사한 색상의 정장을 입고 온 그녀의 의상 선택이 탁월했다고 느꼈다.

아니나 다를까 그녀의 탁월한 의상 선택은 우연이 아니라 '노력'이었음을 알게 되었다.

"오늘 조명이 조금 어두운 중식당에서 모임이 있다고 들어서, 조금 화사한 색상의 옷을 입고 나왔습니다. 괜찮은가요?"라고 하시며 수줍게 웃던 모습이 지금도 선하다.

그래도 내가 명색이 이미지컨설팅을 하는 전문 이미지컨설턴트인데…….

그날 나는 예쁜 옷을 고르는 데에만 주력을 한 반면, 그녀는 TPO 시간 장소 상황을 염두에 두고 의상 선택을 하는 센스를 발휘한 것이다. 작은 일일 수 있겠지만 필자에게는 그 일이 신선한 충격이었기에……. 지금도 그 일이 어제 일 같다. 그러나 더욱 생생한 것은 바로 그녀의 눈빛이라고 말할 수 있는데, 참여한 모든 이에게 '오로지 나에게만 보내는 듯한 눈빛과 말…….'이라는 착각을 불러

일으키는 힘이 있었다.

　창학 100주년 기념식에서 그녀와 같은 테이블에서 식사를 하게 되었을 때도……. 헤어스타일에 아주 살짝 변화를 준 나에게 "지금 헤어스타일도 참 잘 어울리네요. 전보다 조금 짧아진 거지요?"라고 말해서 깜짝 놀랐다. 매일 보는 우리 회사 직원들도 변화를 몰라보는데……. 역시 섬세한 관심과 배려가 물씬 느껴지는 칭찬이었다.

　뿐만 아니라 비즈니스로 많은 사람들과 악수를 해보면서 지금까지 그 순간의 가슴 따뜻함이 가시지 않는 악수는 많지 않다. 그중 으뜸은 바로 그녀와 나누었던 악수였다. 적절한 파워, 적당한 거리, 알맞은 리듬, 기분 좋은 눈 맞춤, 거기에 행복을 주는 미소까지……. 비록 형식은 악수지만, 악수를 통해 상대의 마음까지 훈훈하게 데워주는 알 수 없는 그 힘을 나는 '섬김의 리더십'이라고 이름짓고 싶다. 6년여 동안 만나면서 내가 나름대로 느낀 호감방정식은 크게 세 가지로 정리된다.

1. 섬세한 관심 (더하기) 따뜻한 칭찬 = 상대방의 감동
2. 행복 DNA (나누기) 함께 하는 모든 분 = 행복의 시너지
3. 진심이 담긴 눈빛 (곱하기) 섬김 리더십 = 존경의 씨앗

그녀에 대한 이런저런 이야기를 나눌 때 그녀에 대해 많은 이들이 느낀 공통분모는 바로 '몸으로 실천하는 리더' 라는 것이다.

차가운 머리와 따뜻한 가슴, 그리고 한결같은 섬김 리더십으로 세상을 움직이는 부드러운 힘이 느껴진다.

신뢰로운 소통력으로 상대의 마음을 자신의 편으로 만드는 사람들

보기만 해도 기분 좋아지는 사람이 있는가 하면, 좋았던 기분도 망치는 사람이 있다. 서울사이버대학교의 양병무 부총장은 대표적인 전자의 유형이다. 편안한 그의 얼굴은 하나의 풍경이 되고, 상대를 배려하는 그의 말씨는 한 권의 책이 된다.

'현명한 자는 긴 귀와 짧은 혀를 가지고 있다' 는 영국 속담처럼, 그는 모임에서 자신의 말은 짧게 하고, 상대의 말을 길게 듣는다. 어떤 경우에는 상대의 말이 무슨 다이아몬드라도 되는 것처럼 소중히 수첩에 적는다. 얼마 전 인터뷰한 내용을 보니 기록하지 않으면 기억되지 않기 때문에 '적자생존' 한다는 내용이 있었다. 즉, 적는 사람이 살아남는다는 의미다. 그 말이 말로 끝나는 것이 아니라, 실천으로 이어짐을 알고 있기에 신뢰감이 갔다. 그리고 매사에 겸손이 묻어나오는 그였다. 그러나 '겸손은 속옷과 같으므로, 입기는 입되 남에게 보이게는 입지 말라.' 는 말처럼 멋스러운 겸손이어서, 상대를 부담스럽게 하지 않는다. 시간 관리도 참 반듯하다. 모임에 절대 늦는 법이 없다. 그를 보고 한 지인이 자신도 시간 관리를 잘 할 수 있으면 좋겠다고 하자, 같은 테이블에 있던 누군가가 이렇게 말한 기억이 난다. "시간을 잘 지키려면, 먼저, 시간을 지키지 않는 사람들을 기다릴 줄 알아야 하지요. 저 같은 사람을. 하하하" 그러니까 상대를 기다릴 줄 아는 여유와 배려가 시간을 지키게 하는 힘이라는 말로 나는 해석했다. 그래서인지 그때부터 시간 잘 지키는 사람이 더 좋아지더라.

나우베스트의 차윤선 사장도 전자의 유형이다. 얼마 전에 강의를 마치고 휴대폰을 보니 그녀에게 전화가 세 통이나 와 있었다. 그 때가 벌써 저녁 7시 무렵이어서 조심스레 전화를 하니, 그녀가 서비스컨설팅을 원하는 지인에게 나를 적극 추천한 모양이었다. 무척 고마운 일이기도 했지만 더욱 기분이 좋았던 것은 그녀의 유쾌한 음성이었다. 그래서 통화 후 음성이 참 유쾌하다고 문자를 보냈더니 그녀에게서 답 문자가 왔다.

"그렇지요?^^ 제가 얼굴 못지않게 음성도 완전 상큼발랄이랍니다. 아무쪼록 이번 일이 박원장님에게 좋은 기회가 되었으면 좋겠습니다. 좋은 저녁 보내세요.^^" 문자를 본 순간부터 행복바이러스에 감염되었다.

성공하는 사회생활을 하는 여성들의 습관 중에 배려감을 빼놓을 수 없는데, 푸르덴셜 생명보험의 손병옥 부사장도 대표적이다. 그녀의 추천으로 푸르덴셜 생명보험의 신입사원을 대상으로 교육을 진행한 지 얼마 지나지 않아 공식모임에서 한 그녀의 말에, 한편 부끄러웠지만 기분 좋은 설렘은 어쩔 수가 없었다. "얼마 전에 박영실 원장님을 저희 회사에 초청해서 교육을 진행했는데요. 피드백이 어찌나 좋던지요. 박영실 원장님을 추천한 제 입장에서 더할 나위 없이 기뻤답니다.……" 칭찬은 모두 좋지만, 특히 많은 사람들 앞에서 받는 칭찬은 나이가 들어도 역시 좋다.

누군가에게 도움을 주면서 온갖 생색을 내면서 하는 사람이 있는가 하면, 이처럼 유쾌하게 도움을 주는 사람도 있다. 나도 그런 사람이 되고 싶다는 생각이 강하게 들었다.

내가 지금까지 보아 온 많은 사람들이 이렇게 유쾌하게 도움을 주면서 인간관계의 신뢰를 쌓았다. 그리고 그 신뢰를 바탕으로 성공을 자신의 편으로 만들었다.

그들의 공통점은 상대의 마음을 가로채는 소통력을 가졌다는 것이다. 특히 상대의 말에 대한 경청력이 훌륭한 T부장은 내게 이런 말을 해주었다.

"사람의 귀는 외이(外耳), 중이(中耳), 내이(內耳)의 세 부분으로 이루어져 있지요. 이렇게 귀가 세 부분으로 이루어졌듯이, 남의 말을 들을 때에도 귀가 세 개인 양 들어야 한다고 생각해요. 자고로 상대방이 '말하는' 바를 귀담아 듣고 '무슨 말을 하지 않는' 지를 신중히 가려내며, '말하고자 하나 차마 말로 옮기지 못하는' 바가 무엇인지도 귀로 가려내야 한다고 합니다. 바로 저희 선친의 말씀이시기도 하지요.”

이 말을 듣고 나는 무릎을 쳤다. 우리는 상대방의 말을 듣고 있어야 하는 순간에도 자신이 말할 준비를 하는 경우가 많은데, 세상은 남의 말을 들을 줄 아는 훌륭한 경청자를 원한다는 것을 새삼 느꼈기 때문이다. 아울러 상대에게 에너지를 불러일으켜 주고 그리하여 자신의 주변에 있는 사람들과 유쾌하게 소통하는 법을 본능적으로 실천하는 그들을 닮으려 나는 오늘도 연습한다. ‘아름다운 말은 믿음직스럽다’고 한 노자의 말을 가슴에 새기며.

멘토는 힘이 세다!

방송을 할 때마다 긴장이 된다. 생방송은 더욱 그렇다. 전문방송인이 아닌 나지만, 그래도 방송국을 오고 간 지 꽤 되었는데도 말이다. 서당개 삼 년이면 풍월을 읊고 라면 집게 삼 년이면 라면을 끓인다는데….

생방송을 앞두고 너무도 편안한 윤문식 씨에게 물었다. 방송 전에 긴장하지 않는 비법이 무엇인지를. 답은 의외로 간단했다. 그러나 쉽지 않았다. 시청자들한테 자신을 솔직하게 보여주면 된단다. 너무 잘 하려고 자신의 모습을 꾸미지 말고 솔직하게… 담백하게 말이다. 그제야 알 것 같았다. 윤문식 씨가 방송에서 장수하는 이유를….

조미료가 많이 들어간 음식이 쉽게 질리듯, 꾸민 이야기는 쉽게 식상해 한다. 모습을 꾸미려 하면 긴장되지만, 있는 그대로를 보여주면 편안해진다. 그 이야기를 듣고 느끼는 순간, 나는 내 삶의 또 한 분의 멘토가 생겼다.

결혼을 했다고 모두가 어른이 되는 것은 아니다. CEO가 되었다고, 성공의 결과물이 크다고 모두가 멘토가 되는 것은 더더욱 아니다. 성숙한 어른이 되기 위해서는 연습과 공부가 필요하듯 멘토도 그냥 이루어지는 것이 아니다. 손톱을 물어뜯던 철없던 아이가 역사적으로 위대한 성공을 남긴 사람이 될 때, 반드시 그 뒤에는 훌륭한 멘토가 있었다. 그래서 "사랑해 주는 것보다 더 위대한 선물은 배우는 것을 도와주는 것이다."라는 말이 있는 것이다.

멘토(mentor)는 고대 그리스 신화 오디세이에서 유래한 용어로서 BC 1200년경 그리스의 이타이카 왕국의 왕인 오디세우스가 트로이 전쟁에 출전하면서 그의 사랑하는 아들 텔레마코스를 가장 믿을 만한 친구에게 맡기고 떠나게 되는데, 그의 이름이 멘토(mentor)였다는 것에서 유래한다. 멘토는 오디세이가 전쟁에서 돌아오기까지 무려 10년 동안 왕자의 친구, 교사, 상담자, 때로는 아버지가 되어 그를 돌봐 주었다. 이후 멘토라는 그의 이름은 지혜와 신뢰로 한 사람의 인생을 이끌어주는 지도자의 동의어로 사용되어 왔다.

멘토는 지혜롭고 믿을 만한 조언자(awiseandtrustedadvisor)라고 할 수 있고 멘티(mantee)는 조언을 받는 사람, 멘토링(mentoring)은 지도(coaching)하는 일을 포함하여 그와 관계된 모든 역할을 의미하는 단어라고 할 수 있다.

나 또한 대학생들을 대상으로 멘토링을 한 지 5년이 넘어간다.

지금 벌써 10기 멘티들과 함께 하고 있는데, 멘티에게 오히려 많이 배우고 있다. 때문에 멘티들 또한 나의 또 다른 멘토일 것이다.

삼성에버랜드의 허태학 前사장(현재 삼성석유화학 상담역)은 내가 처음 서비스강사를 할 수 있는 기회의 문을 활짝 열어준 분으로 내 인생의 첫 번째 멘토다.

허태학 前사장의 말은 항상 내가 더욱 열심히 뛰는 강사가 될 수 있도록 채찍질을 해주었다.

첫째, 사람의 마음을, 교육생의 마음을 사로잡는 도둑이 되십시오!

둘째, 앵무새가 되지 마십시오! 자신의 피와 땀의 결정체로 만들어진 강의를 하는 강사가 되십시오!

셋째, 10분 강의를 위해 하루 이상 준비하는 철저함을 가지십시오!

이 세 가지 가르침은 지금도 마음에 각인되어, 실천하려 한다.

또 한 분은 한국장학재단의 이경숙 이사장으로 내가 가장 닮고 싶고, 배우고 싶은 '역할모델'이다. 숙명여대에서 2020년까지 국내 각계 지도자의 10%를 배출한다는 계획을 세워놓고 숙명여대 멘토링프로그램의 초석을 다진 주인공이기 때문이다.

일찍이 남을 배려하고 섬길 줄 아는 부드러운 여성적 리더십이 환영받는 지도자상이 될 것으로 보기 때문에 봉사와 헌신이 몸에 밴 학생들을 배출하는 데 심혈을 기울였던 점을 높이 산다.

에드워드 마셜이 '사람들이 진심으로 서로 신뢰할 때 속도가 생

긴다.'고 한 것처럼, 멘토링의 성공은 상호신뢰를 통해서만이 이루
어질 수 있고, 그 관계에서 멘토란, 삶의 기술을 온몸으로 가르쳐
주는 사람으로, 특히 힘이 세다!

멘토의 무심코 던진 한마디가 멘티에게는 희망의 씨앗이 되기도
하고 절망의 씨앗이 되기도 하므로.

미련한 사람은 상대의 단점을 들춘다!

함께 일한 분들과 아침에 먹을 간식거리로 호두과자를 준비했다. 따끈한 것으로 준비하면 더욱 좋았겠지만, 새벽부터 호두과자를 굽는 곳을 찾기는 무리였기에…. 전날 저녁때 준비한 것이었다. "참 맛있네요! 호두가 이렇게 듬뿍 들어간 호두과자는 처음 먹어봐요." 라는 말이 나의 기분을 더욱 맑게 해주었다. 그 때 내 기분에 먹구름을 끼게 하는 소리가 들렸으니. "이게 뭐야, 다 불어터져가지고… 난 이런 거 안 먹어! 아침엔 떡이 좋지. 센스 없게 누가 이런 걸 준비했어?" 이 때 내가 속으로 한 생각은 "그렇지 않아도 사람 수에 비해 모자랄 판이었는데… 고맙지 뭐. 안 먹는다면…. 그런데 진짜 안 먹는지 한번 볼까?"였다.

지금 다시 생각해 보니 내 안에도 꽁생원이 열댓 명은 사는 것 같다. 내게 싫은 소리를 하면 귀와 마음을 닫아버리고 싶으니 말이다.

나의 마음을 읽기라도 한듯 K선배가 해 준 이 말이 나를 편안하게 만들었다. "인도 속담에 호랑이를 왜 만들었냐고 하나님께 투정하지 말고 호랑이에게 날개를 달아 주지 않은 것에 감사하라는 말이 있어. 그냥 웃어 넘겨"

이처럼 상대의 단점을 들추어 많은 사람들 앞에서 그것을 표현하는 스타일이 있다. 뒷말을 하느니 앞말이 오히려 솔직한 것이라는 그럴 듯한 이유를 포장 삼아…. 별로 반가운 스타일은 아니지만, 웃어넘기고 현명한 사람이 되기로 마음먹었다. 만난 사람 모두에게서 무언가를 배울 수 있는 사람이 세상에서 제일 현명하다고 하지 않던가!

살다 보면, 다양한 사람들을 경험하는데 나는 크게 두 가지 유형으로 사람을 구분했던 것 같다. 나와 잘 맞는 사람과 그렇지 않은 사람으로. 그런데 참 이상한 것이 처음에 내가 느낀 상대에 대한 이미지가 웬만해선 바뀌지 않는다는 것이다. 심지어 어떤 경우에는 첫 이미지가 안 좋았던 상대가 썩 괜찮은 사람임이 증명된 경우에도 나는 나의 첫 번째 결정이 잘 바뀌지 않을 때가 있다. 비단 나뿐만이 아니리라. 많은 사람들이 그랬고 앞으로도 그럴 것이다. 그래서 첫 이미지가 중요한 것이다.

인간관계는 주고받는 것이다. 내가 상대를 좋아하면 상대도 나를 좋아할 확률이 높아진다. 반대로 내가 상대를 싫어하면 상대도 나를 싫어할 확률이 높아진다. 내가 상대를 싫어하는 티를 팍팍 내는 사람들은 말한다. 상대가 나를 싫어해도 상관 전혀 없다고. 어차피 나도 상대를 안 좋아하니까 괜찮다고.

하지만, 사람을 끌어당기는 매력이 있는 사람들은 다르다. 누구에게나 배울 자세가 되어 있는 출판업계 C차장은 자신의 인맥비결이 이 문구 때문이라고 한다. "위인과 만나면 너의 좋은 인상을 남기도록 하고, 소인과 만나거든 그 사람의 좋은 인상만 남기도록 하라."는 새뮤얼 테일러의 말을 실천하려고 노력했더니 모든 사람의 단점이 보이지 않는다고.

많은 심리학자들이 한자리에 모여 '인간이 마음의 평화를 지니고 행복한 인생을 보낼 수 있는 간단한 공식은 없을까?' 라는 주제를 가지고 토론을 벌인 적이 있다. 그 결과, 마음의 평화와 행복을 위하여 기적을 일으킬 수 있는 유일한 공식은 '다른 사람의 단점을 들춰내는 짓을 멈추는 일' 이라는 데 의견의 일치를 보았다.

심리학자들은 노이로제 환자에게서 지나치게 다른 사람들의 단점을 들춰낸다는 공통점을 발견해냈다. 그러나 이런 사람들조차 주변 사람들의 장점을 찾아내려고 노력한다면 얼마든지 스스로 행복해질 수 있다.

세상에 완전무결한 사람은 없다. 장점이 없는 사람 또한 하나도 없다. 한번 시험해 보라.

당신을 화나게 해서 또한 곤경에 빠뜨리는 사람일지라도 그에게서 장점을 발견해 보도록 하라. 그러면 상대방도 마음을 바꾸게 될 것이다. 뿐만 아니라 그에 대한 당신의 생각도 달라질 것이다.

나도 지금까지 그랬던 적이 꽤 있다. 지금 손꼽아 세어보니… 미안해진다. 그 때 그 분들에게. 사람은 같을 수 없음을 인정해야 한다.

단점도 다른 각도에서 보면 장점이 될 수 있다. 예를 들면 남을 피하는 사람은 대부분 정직하고 꾸밈이 없고, 낯을 가리는 사람이 진실한 인간관계를 만든다. 소극적인 사람은 남의 말을 잘 듣고, 소심한 사람은 같은 실수를 반복하지 않는다.

남의 기분에 민감한 사람은 분위기 파악이 빠르고, 남의 시선에 민감한 만큼 남을 잘 배려한다. 입이 가벼워도 좋은 소문을 퍼뜨리면 미덕이고, 단정치 못한 성격일수록 대범할 가능성이 높다. 그래서 나는 오늘 이렇게 생각하고 또 생각해본다.

'좋고 나쁨이 분명한 사람일수록 속정이 깊다.'

불현듯, 미련한 사람이 되고 싶지 않다는 생각이 든다. 때문에 호두과자를 흉봤던 그 분의 행동을 서운하게만 생각하고 그 분의 단점을 들출 것이 아니라, 나 자신을 돌아보는 기회로 삼아야겠다고 꽤 철든 생각을 해본다. 미련한 사람만이 상대의 단점을 들추므로… 그리고 지난 후에 생각해 보니 아침부터 차가운 호두과자는 정말 '센스빵점'이었다. 그런데도 불구하고 맛있는 척(?) 먹어주었던 많은 분들에게 미안함과 고마움이 뒤섞인 마음이 생긴다. 다음에는 김이 모락모락 나는 떡으로 내 마음을 표현해 보리라.

칭찬은 행복한 부담감이다!

"박영실 대표를 보면 나는 기분이 좋아진다니까!"

필자의 어깨를 들썩이게 하는 이 칭찬은 우리나라 마당놀이의 대들보인 윤문식 씨의 말이다. 친정아버지가 워낙에 윤문식 씨를 좋아하셔서 필자 또한 만나기도 전부터 좋아했다. 필자가 좋아하고 존경하는 사람이 나를 좋아해 주는 것은 참 신나는 일이다. 아침 생방송에 출연할 때면 나 또한 일찍 서둘러 가는 편인데, 늘 가장 먼저 나와서 오늘 출연자들을 밝게 반기는 그의 모습에서 아름다운 향기를 느낀다.

그리고 나의 어깨를 들썩이게 하는 또 한 사람은 아침마당 MC 중 한 명인 김재원 씨다. 금요일 방송이 끝나면 이금희 MC는 주로 남자 패널 석으로 가서 인사를 하고, 김재원 MC는 여자 패널 석으로 와서 인사를 한다. 그런데 가끔 유쾌한 입담으로 활약한 패널에게는 두 엄지손가락을 올리면서 웃어 줄 때가 있다. 나도 한두 번 성도 받아보았다. 그 엄지손기락 칭찬세례는 생각보다 힘이 세서 그 칭찬을 받지 못한 날은 살짝 아쉽고, 다음에는 꼭 받고 싶다는 의지를 불태우게도 한다.

칭찬이 어떻게 강한 에너지를 갖게 하는지 분명치는 않지만 우리는 가끔 그것을 경험하고 있다. 나는 점잖은 노인 한 분을 알고 있는데, 그녀는 사람들로부터 '정말 건강해 보이십니다.' 라는 인사를 받을 때마다 '고마워요. 덕분에 1년은 더 살 수 있겠네요.' 라고 대답하곤 하였다. 그 노부인의 말은 사실일지도 모른다. 칭찬은 우리에게 새로운 에너지와 생명력을 보이지 않게 조금씩 뿌려주고 있을는지도 모른다.

다른 사람들에게 용기를 줄 때마다 적절한 칭찬을 한다면 '인생의 작은 기적'을 행하고 있는 것이다. 마음에서 우러나오는 진정한 칭찬을 상대방에게 날마다 해줌으로써 그 기적은 간단하게 이루어진다.

칭찬이 학생들의 성적을 향상시킨다는 사실도 입증되었다. 학생들에게 시험을 치르기 전에 이 문제들은 매우 간단하다. '풀 수 없는 문제는 하나도 없다'고 말해 주자, 예전보다 훨씬 좋은 점수가 나왔다고 한다. 즉, 학생들의 능력을 칭찬해 줌으로써 그들의 능력을 끌어올린 것이다.

산업현장에서도 가식 없는 칭찬과 성과의 인정이 직원들로 하여금 일에 더욱 더 열중하게 만든다는 사실이 입증되었다. 따라서 직원의 업적에 따라 보너스와 이익이 배당되는 기업은 성장을 보장

받고 있는 것이나 마찬가지이다.

마음의 행복을 위해 하루에 한 가지 이상씩 칭찬하자.

아침에 미역국 맛이 좋으면 즉시 배우자를 칭찬하자. 배우자는 매우 기뻐할 뿐만 아니라, 내일 아침에는 더 맛좋은 미역국을 만들려고 노력할 것이다.

직원이 생각했던 것보다 보고서를 빨리 작성했을 때에는 지체하지 말고 칭찬해 주어라. 그러면 그녀는 더욱 더 열심히 기쁘게 일할 것이다.

비록 사소한 일일지언정 상대의 호의를 그냥 지나치지 말아야겠다. 반드시 '고맙습니다.'라고 인사하자. 다른 사람에게 감사할 수 있는 구실을 찾자. 진심으로 '고맙습니다.'라고 말할 때마다 우리는 상대방의 업적을 인정해 주는 셈이 된다. 이처럼 친절한 말을 사용함으로써 우리의 기분을 상대방에게 전할 수 있다. 굳이 말하지 않더라도 알아주겠지 하고 생각하면 잘못이다. 말로 표현하자. '고맙습니다.'라는 이 짤막한 말을 올바르게 사용하면 대인관계에서 마법과 같은 효과를 얻을 수 있다.

그러나 마음에도 없는 겉치레 칭찬은 곧 들통 나게 되며 그 결과는 자기 자신에게나 상대방에게 이로울 것이 하나도 없게 된다. 사실 나도 적절하지 못한 칭찬으로 민망했던 경험이 있다. 윤문식 씨 따님의 결혼식 때였다. 내가 앉은 테이블에 가수 양희은 씨의 동생인 탤런트 양미경 씨가 잠시 앉았는데, TV 화면에서 봤던 모습에 비해서 미소가 아름다웠고 얼굴이 작다고 느꼈다. 그래서 나는 "안녕하세요! 화면에서 뵈었던 것보다 얼굴이 작으세요."라고 말했다. 순간, 그 말을 어떻게 받아들여야 하는지 수많은 생각을 하는 양미경 씨의 흔들리는 눈동자를 나는 보았다. 아차! 싶었다. "그렇게 봐주셔서 고마워요. 그런데 사실 제 얼굴이 작지는 않은데……. 호호호" 배려였다. 내가 한 어설픈 칭찬에 대한 그녀가 내게 해줄 수 있는 최대치의 배려. 상대가 인정하지 않는 칭찬은 칭찬이 아니다. 그렇기 때문에 나의 칭찬의 의도는 좋았지만, 그녀를 빛나게 하지 않았다.

칭찬은 좋은 것이지만, 잘 해야 한다. 상대방에 대한 관심과 배려가 있지 않고는 좋은 칭찬이 될 수 없다. 차라리 그녀의 '아름다운 미소'에 대해 칭찬을 했더라면 더 좋았을 것을. 하지만 그런 실수의 경험들도 소중하다. 그런 실수는 두 번 다시 하지 않을 테니까.

작은 일이라도 마음으로부터 하는 칭찬은 울림이 있다. 얼마 전에 후배강사가 무심하게 툭 던진 말이 있었다. "박선배님하고 있으면 시간이 참 빨리 가요! 도대체 왜 그런 걸까요?" 나 또한 그 당시에는 무심하게 들었는데, 집에 와서 생각해보니 기분이 좋았다.

그리고 고마울 때는 진심으로 '고맙습니다.' 라는 말을 하자.

부산 시댁에 갈 때마다 시부모님은 부산역에 마중을 나오신다. 결혼 초부터 지금까지 늘 그랬기에 나는 그 고마움을 모른 채, 당연한 듯 생각했던 것 같다. 그런데 얼마 전 몸살기운이 있으심에도 불구하고 나오신 시부모님을 뵈니 그동안의 나의 정체모를 무심함이 너무하다 싶었다. 순간, '부모의 나이는 반드시 기억하고 있어야 한다. 한편으로는 오래 사신 것을 기뻐하고, 또 한편으로는 나이 많은 것을 걱정해야 한다.' 는 논어의 한 구절이 떠올랐다.

자식들이 혹시라도 걱정이라도 할까봐 오히려 더 밝은 표정으로 힘차게 말하는 분들. 이 땅의 많은 부모님들 모습이기도 하다. 만나자마자 얼싸안고, 서로의 안부를 말보다 눈으로 먼저 확인하고, 대화 중에 공백이 생겨도 이제는 별로 어색하지 않을 만큼 마음의 간격이 좁아졌다. 집으로 가는 차 안에서 내 안의 생각들을 삼키지 않고 표현했더니 기분이 좋았다. 내가 한 말은 "시간이 흐른 후에 저희의 모습이 지금의 아버님 어머님 모습이었으면 좋겠어요!"였다. 자신의 생각을 적극적으로 표현하라고 강의하는 필자이지만, 생각해 보니 시부모님에게는 필자도 그렇게 하지 못했던 것 같다. 나의 말에 서로 마주보며 웃으시던 두 분의 모습이 행복으로 느껴졌다. 앞으로는 더 자주 행복을 안겨드려야겠다. 보다 다양한 방법으로.

세 가지 방문의 소통방법이 있으니 그때그때 상황에 맞게 골라서 해보라는 Y선배의 말대로 해보려 한다. 나름 골라 하는 재미가 있을 테니까.

'입의 방문', '손의 방문', 그리고 '발의 방문'이 그 세 가지인데, '입의 방문'은 칭찬을 해서 상대방의 마음을 부드럽게 하고 용기를 주는 것이고, '손의 방문'은 편지를 써서 진솔한 마음과 특별한 관심을 전달하는 것이다. 그리고 '발의 방문'은 상대방이 병들었거나 어려운 일에 처했을 때 찾아가 도와주는 것을 말한다.

칭찬은 할수록 커지고, 편지는 쓸수록 감동을 주며, 어려울 때는 찾아갈수록 친근해진다.

나는 오늘, 가장 쉬운 입의 방문부터 시작해 볼까 한다.

가장 멋진 소통은 배려다!

'박.영.실' ….

촌스러운 느낌이 스멀스멀 올라오는 이름이라고 생각했기에 어렸을 때는 썩 마음에 들진 않았었다. 그러나 지금은 괜찮다. 나름대로 이름이 마음에 들기도 하다. '비타민 총장' 이라는 별명을 갖고 있는 '한영실 총장' 도 '영실' 이고, '아내의 유혹' 이라는 드라마로 일약 '국민고모' 로 불리는 '탤런트 오영실' 도 '영실' 이기 때문일는지도…. 물론 그 이유 때문만은 아닐지라도 긍정적인 영향은 미쳤을 거다. 그러나 요즘 들어 가장 괜찮은 점은 그다지 흔한 이름이 아니라서다. 검색사이트의 인물 검색을 쳐보면 동명이인이 많을 때는 지명도나 인기도에 밀려 아주 작은 사진으로 나오면 그나마 다행! 아예 사진도 없이 이름과 소속만 한 줄로 나오는 경우도 있다. 그런데 나의 멘티들이 '박영실' 을 인물 검색해 보니, 이름이 흔하지 않단다. 그럴 때 나는 생각한다. '이름이 좀 촌스러우면 어때? 너무 흔한 것보다는 낫지 뭐! 그리고 자꾸 들으면 정감도 가고.'

크고 작은 모임에서 나는 수많은 배움을 얻곤 한다. 얼마 전 모임에서는 지금도 출퇴근 시간을 이용해 차 속에서 영어공부를 한다는 한영실 총장의 말에 감명을 받았었는데 더 감명을 받은 것은 한영실 총장의 빠르고 친절한 소통력 때문이었다. 모임 후 짧은 한 줄 정도의 감사메일을 보냈는데, 정말 눈 깜짝할 사이에 답 메일을 정겹고 따뜻하게 보내왔다. 특히 "우리 '영실'의 힘을 보여줍시다! 파이팅!"이라는 마무리 문구로 인해 '영실'이라는 이름이 더욱 빛나보였다.

방송에서의 인연으로 몇 번 식사를 한 적이 있는 오영실 씨의 소통력은 간결하고 유쾌하다. 식사장소를 정하기 위해 서로 문자를 주고받았는데, 가장 기억에 남는 문자는 이랬다.

'나한테는 이렇게 예쁜 편지지에다 보내지 않아도 돼요. 편지지 문자를 하면 돈이 많이 나온다니까. 아줌마들이 이런 걸로 돈을 아껴야지…^^' 땅을 파면 어디 돈이 나오나?' 이 문자를 받고 재미있기도 하고 몰랐던 정보를 알게 돼서 고맙기도 했기에 즉시 답 문자를 보냈는데 곧바로 답 문자가 왔다. '또 편지지 문자네? 돈 좀 아껴 주3! ^^' 라고. 아뿔싸! 편지지 문자를 먼저 해지했어야 했는데 잊었던 거다.

마크 트웨인이 '친절이란 귀먹은 사람이 들을 수 있고 눈먼 사람이 볼 수 있는 언어다' 라고 한 것처럼, 오영실 씨의 답 문자는 필자에게는 친절한 언어로 다가왔다.

　사람과 사람 사이에서 소통이 제대로 안 되면 고통이 된다. 같은 이름 등 상호간의 공통점을 찾아내는 것… 그리고 상대의 경제를 걱정(?)해 주는 그런 것들도 포함해서, 상대를 배려하는 마음이 가장 멋진 소통이 아닐까 싶다. 소통도 아름다운 꽃처럼 그 색깔을 지니고 있다면, 나는 싱그러운 초록색이고 싶다.

사람의 마음을 얻고 싶다면, 먼저 좋아하라!

"김 대리! 자네는 도대체 항상 왜 그 모양인가? 거래처에서 자네 에티켓 교육 좀 시키라고 말들이 많네! 요즘 비즈니스 세계에서는 에티켓이 보이지 않는 경쟁력이란 사실 모르나? 쯧쯧…. 지금 당장 거울 좀 보고 오지! 입고 다니는 옷꼬라지 하고는…" 나와 친한 김 대리는 며칠 전 팀장에게 또 한소리 들었단다.

13대 1의 경쟁률을 뚫고 대기업에 입사했을 때만 해도 동네에서 축하인사를 받으면서 자존감이 하늘을 찌르고도 남았던 김 대리!

현재는 입사 5년차로 실무적인 업무능력은 뒤지지 않는 실력파! 그러나 동료들이 부르는 김 대리의 별명은 '에티켓 꽝!' 에티켓이 꽝인 덕분에 거의 성사된 비즈니스에 파토를 낸 것도 여러 번인 김 대리가 술자리에서 내게 하소연한다. '도대체 저는 뭐가 어떻게 문제인걸까요?' 이야기를 들어보니 필자는 금방 알 수 있었던 그의 행동을 보자.

10AM에 거래처 임원 미팅이 있는 날로 김 대리의 프레젠테이션

이 있던 금요일.

10분 전에 도착해 보니 거래처 임원들이 미리 자리에 앉아 있어 조금 당황스러웠지만, 간단한 인사와 함께 두 손으로 명함을 쥐고 상대방이 자신의 이름을 잘 볼 수 있도록 거꾸로 된 방향으로 내밀면서 "영업팀 대리 김매너입니다. 잘 부탁드립니다."라고 또박또박 말했다. 지난주에 매너교육을 받은 대로 하면서 흐뭇했었다. 명함을 주고받은 후, 받은 명함을 지갑에 소중하게 넣고 프레젠테이션을 시작했다. 그런데 한참 그래프 데이터 설명을 하고 있는데 거래처 임원이 하는 말 "자네가 화면을 다 가려서 그래프가 하나도 안 보이는구먼!" 아뿔싸! 어쩐지 조명이 너무 밝더라니. 내가 지금까지 화면을 다 가리고 있었구나!

쌉쌀한 기분으로 프레젠테이션을 마치고 돌아오는 길에 뭔가 허전함을 느낀 김 대리! 아뿔싸! 거래처 임원들에게서 받은 명함들을 고스란히 회의실 테이블에 놓고 온 것이 아닌가! 헐레벌떡 식은땀을 닦으며 다시 회의실로 올라가는 엘리베이터를 탔는데 크게 울리는 핸드폰 벨소리 "아빠~ 전화 받아!" 오늘따라 아이가 녹음해 준 벨소리는 왜이리도 큰지~ 홍당무가 된 얼굴이 지금도 화끈거리는 듯하다.

전화내용은, 팀원이 상을 당해 문상을 가야 한다는데, 프레젠테이션에서 강한 인상을 남기기 위해 남청색 수트에 짙은 와인칼라의 넥타이를 매고 있는 상태라 고민이 되었다. 하지만 뭐, 지금 당장 검정색 넥타이를 구할 수도 없는 노릇이다. 옷보다는 마음이 중요하다고 생각해서 부리나케 문상을 하러 갔다. 문상을 가서 상주에게 어떤 위로의 말을 해야 하는지를 몰라 망설이던 나, 첫 말문을 열었는데… "아이고… 어쩌다 이렇게 되셨어요?" 나름 걱정 끝에 한 말이었건만, 이 질문에 오히려 당황하는 상주를 보며 뭔가 또 잘못되었음을 직감하며… 슬쩍 자리를 떴다…. 도대체 나는 왜 이럴까? 를 되뇌며….

2PM에 S호텔에서 거래처 임원과 점심약속 & 6PM에 다른 팀 동료 노총각 박 대리! 결혼식이 있는 토요일.

오늘은 기획팀! 박 대리가 결혼하는 날이면서 중요한 거래처 임원과 점심약속이 있는 날! 신부 친구들 중에 이상형의 여성을 만날지도 모른다는 부푼 꿈을 안고 이리저리 옷장을 뒤지다 선택한 의상은 바로 요즘 트렌드인 공단으로 된 칼라가 멋스러운 턱시도 디자인의 검정색 최신 트렌드 수트!

멋진 수트를 입은 탓에 어깨도 으쓱한 오늘, 항상 빡빡하기만 했던 거래처 팀장이 내게 그동안 수고했다는 말과 함께 와인을 한 잔

건네는 것이 아닌가? 순간 당황한 나는 벌떡 일어나 "감사합니다."
라고 외치며 두 손으로 공손하게 와인을 받았는데 거래처 팀장의
표정이 갑자기 일그러진다. 갑자기 배탈이 나기라도 한 걸까?

점심미팅을 마치고 부랴부랴 박 대리의 결혼식장으로 향했다. 토
요일이라 차도 많이 막힐 텐데…. 거리도 있고 하니 빨리 서둘렀다.
서둘렀는데도 예식에 10분이나 늦었다. 준비 못한 축의금 때문에
이리저리 봉투를 급조해서 그동안 아끼고 아꼈던 비상금 4만원을
넣었다. 나도 축의금을 받는 날이 빨리 왔으면~ 하는 기대와 함
께… 역시 결혼을 꿈꾸고 있는 나! 먼저 결혼하는 박 대리가 부럽고
배 아플 수밖에 없기에…

잿밥에 더 관심 있는 나는 피로연에서 이리저리 이상형을 찾아
헤매고 있는데 입이 찢어져라 웃고 또 웃으며 나타난 박 대리에게
한마디 해줬는데, 분위기가 왜 싸아~하지? 이거 되게 웃긴 얘긴
데…. 내가 박 대리에게 한 말은 다름 아니라 바로 이것!

"박 대리! 드디어 인생의 무덤을 스스로 팠군! 결혼은 판단력 부
족, 이혼은 인내력 부족, 재혼은 기억력이 부족해서 하는 거라네~
하하하 재밌는 얘기지?"

김 대리의 이야기를 들으며 나는 소통이 제대로 되지 않은 부분

을 콕콕 짚어주었다.

- •• 프레젠테이션이 진행되는 장소에는 최소 30분 전에 도착해서 꼼꼼하게 사전준비를 하라.

- •• 받은 명함은 지갑이 아니라 명함지갑에 보관하라! 처음 만나 함께 회의를 진행할 때에는 받은 명함을 직위 순으로 테이블 위에 배치하는 게 유리하다. 눈치껏 명함을 보며 상대의 이름과 직함을 확인할 필요가 있기 때문임을 명심하라!

- •• 혹시 테이블 위에 명함을 두었었다면, 반드시 잊지 말고 소중하게 회수하라!

- •• 거래처와의 상담이 있을 때는 휴대폰은 반드시 진동이나 OFF 상태로 전환하라!

- •• 빔프로젝터를 이용한 프레젠테이션에서는 화면을 가리지 않도록 신경 쓴다.

- •• 남성 조문객의 옷차림은 검정색 양복이 원칙이나 갑자기 통지를 받았거나 미처 검정색 양복이 준비되지 못한 경우 감색이나 회색도 실례가 되지 않는다. 드레스셔츠는 반드시 흰색으로 넥타이, 양말, 구두는 검정색으로 할 수 있도록 검정색 넥타이 1개 정도는 차나 사무실에 상시 준비해 두는 센스를 발휘하라!

- •• 실제 문상의 말은 문상객과 상주의 나이, 평소의 관계 등 상황에 따라 다양하다. 그러나 어떠한 관계, 어떠한 상황이든지 문상을 가서 고인에게 두 번 절하고 상주에게 절한 후에 아무 말도 하지 않고 물러 나오는 것이 일반적이며 예의에 맞다. 그러나 굳이 말을 한다면 "삼가 조의를 표합니다.", "얼마나 슬프십니까?" 또는 "뭐라 드릴 말씀이 없습니다." 하고 인

사를 할 수 있다. 이러한 인사말을 할 때는 큰소리로 말하지 않고 뒤를 흐리는 것이 예의임을 명심하라!

•• 결혼식 하객으로서의 의상은 정장을 하되 흰색은 신랑 신부의 색이므로 삼가고 검은색의 옷일 경우에는 액세서리나 스카프로 밝은 분위기를 연출하고, 주인공인 신랑 신부보다 너무 돋보이는 의상은 예의에 어긋나므로 삼가라!

•• 와인매너 한 가지! 윗사람이 따라줘도 잔을 들지 마라! 한국인들이 잘못 알고 있는 와인 매너 중 가장 흔한 것이 와인을 받을 때다. 술에 대한 예의범절이 워낙 엄격하다 보니 윗사람이 따를 때 두 손으로 받는 것은 기본. 자리에서 벌떡 일어나 받는 일도 허다하다. 그러나 이 같은 모습은 와인과는 어울리지 않는다. 상대방이 자신보다 손윗사람이거나 상사라고 할지라도 와인을 받을 때는 잔을 식탁에 놓은 채 상대방이 와인을 따를 때까지 기다렸다가 감사의 말과 함께 가벼운 목례를 하면 된다. 와인 잔은 다리가 길기 때문에 잔을 들면 따르는 사람이 병을 더 치켜들 수밖에 없어 오히려 술을 따르는 데 방해가 되기 때문이다.

•• 축의금은 미리미리 준비하고, 특별히 정해진 액수는 없지만, 주는 사람의 마음을 담아 성의껏 준비하되 단, 짝수 금액은 피해서 축하의 문안과 함께 깨끗한 흰 종이에 싸서 축의금 봉투에 넣는다.

•• 축하 덕담은 긍정적이고 밝은 것으로 준비하라!

'에티켓이란 마치 수학의 0과 같은 것이다' 라는 말이 있다. 0이라는 숫자가 그 자체로는 가치가 없는 것이지만 다른 것, 예를 들어

1이나 2등의 다른 숫자에 붙여지면 가치를 크게 더해 준다는 의미인 것처럼, 예의범절도 그러하다는 의미다. 에티켓 그 자체만으로는 가치가 없을 수도 있지만, 다른 사람과 사람 사이에서 제대로 행해지면 그 가치가 매우 크다.

아무쪼록 김 대리가 위의 실수들을 족집게처럼 알아서 제대로만 한다면, 에티켓꽝 김 대리가 에티켓짱! 김 대리! 되는 것은 시간문제가 아닐까 싶다.

"치킨 집으로 성공하려면?" 손님과 치킨과 생맥주가 다 예뻐 보여야 한단다. 치킨을 보면서도 웃어야 한다고 말이다.

그렇다면, "사람의 마음을 얻고 싶다면?" 기억하자!

"사람을 좋아해야 한다. 상대가 나를 보며 웃어줄 때까지….".

행복을 지키는 희망의 힘 7가지

꺼지지 않는 희망의 불빛

영원히 살 것처럼 꿈꾸고 내일 죽을 것처럼 오늘을 살자

행복한 실패자가 되라

해결! 돈이 보인다

행복은 참 쉽다!

신종플루보다 전염성이 강한 것! 행복바이러스

행복을 디자인하라

꺼지지 않는 희망의 불빛

크고 작은 세상 살아가는 이야기들을 나누는 모 방송 아침프로에 패널로 참여하면서 참 좋은 분들을 많이 만났다. 그 중에서도 지금까지 가장 기억에 남는 분은 고 여운계 씨다. 2008년 11월 28일 아침에 처음 뵈었는데 참 품위와 배려가 넘쳤고 나를 보고 '참 인상이 좋네요.' 하면서 살짝 포옹을 해 주어서 몇 번 만날 때마다 더 예쁘게 보이고 싶어 했던 기억이 새록새록 난다. 방송에서나 회식자리에서 노래를 부를 때나 대화를 할 때 늘 밝게 웃고 긍정적이었는데….

비가 부슬부슬 오는 그날도, 어김없이 생방송을 마치고 함께 출연한 분들과 티타임을 갖는데 여운계 씨가 우리에게 뜨끈한 떡을 대접하고자 그 이른 아침에 머리며, 옷이며 모두 비에 맞은 상태에서 커다란 떡 상자를 끙끙 짊어지고 왔다. 종이접시에 떡을 직접 담아주면서 그 자리에 함께 하지 못한 스텝들의 떡까지 손수 챙기시는 모습에서 몸에 자연스레 배인 배려심을 느낄 수 있었다.

그 일이 있은 지 얼마 안 되어서 TV를 통해 폐렴증세로 병원에 입원했다는 소식을 듣고… 한편으로는 놀랐고, 또 한편으로는 희망

이 불현듯 떠올랐다. 병원에 입원하기 한참 전부터 많이 아팠음에
도 불구하고 늘 긍정적인 표정과 상대를 배려하는 말부터 했는
데…. 아마도 희망이야말로 여운계 씨를 힘든 중에도 웃게 만든 가
장 큰 힘이 아니었을까 싶다.

시간이 얼마간 흐른 뒤, 여운계 씨의 장례식장을 다녀온 그 날
이후로 나는 얼마간 떡을 먹지 않았다.

희망은 우리에게 무엇일까? 실낱같은 회복 기미조차 없어 보이
는 생의 가장 힘겨운 순간에도 절망과 끝까지 싸워 이기려는 강인
한 힘인 희망은 불완전한 의술을 보완할 뿐만 아니라 몸속에서 실
제로 강력한 치유 에너지로 작용한다. 희망이 곧 신선한 생명력을
불어넣는 힘이었으리라!

어떤 이는 말한다. 희망이란 본래 있다고도 할 수 없고 없다고도
할 수 없다고. 그것은 마치 땅 위의 길과 같은 것이라고. 본래 땅 위
에는 길이 없었다. 걸어가는 사람이 많아지면 그것이 곧 길이 되는
것이다. 그렇다. 희망은 처음부터 있었던 것이 아니고, 아무것도 없
는 곳에서도 생겨나는 것이 희망이다. 희망은 희망을 갖는 사람에
게만 존재한다. 희망이 있다고 믿는 사람에게는 희망이 있고, 희망
같은 것은 없다고 생각하는 사람에게는 실제로도 희망은 없는 것이

아닐까! 희망을 만드는 힘! 바로 내 안에 있다.

　'희망의 한 쪽 문이 닫히면 다른 문이 열린다. 그러나 우리는 흔히 닫힌 문을 오랫동안 보기 때문에 우리를 위해 열려 있는 문을 보지 못할 뿐이다.' 라는 K작가의 말이 따뜻하다.

영원히 살 것처럼 꿈꾸고
내일 죽을 것처럼 오늘을 살자

"영원히 살 것처럼 꿈꾸고 내일 죽을 것처럼 오늘을 살아라!라는 말을 했지요. 영화배우 제임스 딘이요. 제가 제일 좋아하는 말입니다." LG생활건강 차석용 사장이 모임 때 했던 말이다.

'영원히 살 것처럼 꿈꾸고 내일 죽을 것처럼 오늘을 산다!' 이 멋진 말에 딱 어울리는 사람이 떠오른다.

보다 나은 사람이 되기 위해 끊임없이 노력하는 사람.

주고받는 문자 하나하나에도 정성을 한땀 한땀 담아 보내고,

샤프펜슬 뚜껑 하나에도 애정을 주는 사람.

포스트잇처럼 작고 작은 선물도 크게 보는 사람.

상대의 말을 마음 열어 경청하는 사람.

주는 것에는 익숙해도 받는 것에는 조금 서투른 사람.

그녀의 깨끗한 웃음은 생수 같고, 그녀의 겸손한 태도는 한복 같다.

칸트가 말한 행복한 삶의 조건을 다 갖춘 것처럼 보이는 사람.

평생 할 수 있는 일과 사랑하는 사람, 그리고 희망, 바로 이 세 가지를 가지고 있는 사람이다.

여기서 사랑하는 사람이 꼭 연인을 의미하는 것은 아니리라. 그러나 행복한 삶의 모든 조건을 다 갖춘 사람은 태어나는 것이 아니라 노력으로 만들어지는 것이라는 것을 행동으로 보여주는 사람.

'태양이 밝으면 밝을수록 그 그림자는 더욱 짙은 어둠을 만든다.' 는 사실에 절망하는 것이 아니라 자연스럽게 받아들이기에 더욱 아름다운 그녀에게 내가 삼행시 선물을 했던 기억이 난다. 어렴풋이.

이 시대의 우리는, 자신이 태어난 강을 떠나 큰 바다에 나아가기까지 단 한 번도 가보지 않은 길에 나선 새끼연어들처럼 수많은 난관들을 스스로의 힘으로 헤쳐 나가야 한다. 마찬가지로 사회에 진출하거나 성공하고자 하는 이들 앞에 놓인 길이 항상 따사로운 꽃길은 아닐 것이다. 이금희 씨도 사회생활, 인간관계가 늘 맑음이지는 않았을 것이다. 때론 흐렸을 테고, 비도 왔을 테고, 어떨 때는 폭설로 어디로 가야할지 길을 잃어버리기도 했을 것이다. 그러나 그때마다 절망하고 주저앉았다면 지금의 그녀는 없을 것이다.

누구나 때로는 어두운 밤길에 세찬 빗줄기가 여러분을 괴롭힐 수
도 있다. 그러나 그 어떤 때라도 해가 없어졌다는 생각을 하지 말라
고. 힘든 시간을 견디면 구름이 걷히고 또다시 해가 떠오른다는 긍
정적인 자세로 차가운 빗속을 헤쳐 나갈 때, 기회의 큰 바다가 펼쳐
진다고. 나보다 두 살이나 어린 직장 후배가 내게 말한다. 제법이
다. 기회의 바다는 스스로 찾아가는 법이라는 그 사실을 벌써 알다
니 말이다. 난 아직도 잘 몰라서 헤매고 있는데.

희망은 우리 영혼 속에 살짝 걸터앉아 있는 한 마리 새와 같다.
행복하고 기쁠 때는 잊고 살지만, 마음이 아플 때, 절망할 때 어느
덧 곁에 와 손을 잡는다. 이제는 정말 막다른 골목이라고 생각할
때, 가만히 마음속 깊은 곳에서 들려오는 소리에 귀 기울여 보라.
한 마리 작은 새가 속삭일 것이다.
"아니, 괜찮을 거야, 이게 끝이 아닐 거야. 넌 해낼 수 있어." 꿈
을 이룬 사람들의 노래는 바로 '희망'이다.
지금 남들이 보기엔 성공을 이루었다고 생각되는 그들이 지금의
자리에 있기까지는 그들에게도 좌절의 순간이나 방황의 순간이 있
었다. 그럴 때마다 그들을 다시 일어서게 했던 것은 '할 수 있다'는
희망 때문이었을 거다. 희망을 잃지 않고 이루어 낸 꿈과 희망의 이
야기, 감동어린 그들의 아름다운 사연들은 우리에게 주먹을 불끈

쥐게 한다. 그 이야기의 주인공이 되어보면서 나도 가을의 푸른 하늘처럼 희망찬 꿈을 여러 번 꾸었다.

모임에서 만난 놀부의 김순진 회장의 이미지는 '겸손'과 '배려'였다. 편안한 미소에 겸손이 몸에 밴 그녀는 함께 하는 내내 주변을 챙기고 또 챙겼다. 한 번은 강남에 위치한 놀부식당에 초대되어 지인들과 함께 저녁을 맛있게 먹은 적이 있었다. 커다란 상에 푸짐하게 정성이 가득 담긴 맛난 저녁을 먹고 즐거운 시간을 보내고 파할 즈음, 김 회장이 그 자리에 함께 한 사람들에게 작지만 또렷한 음성으로 이렇게 말했다. "바쁘신 중에 이렇게 함께 해 주심에 깊이 감사드립니다. 가시는 길에 작은 선물을 준비했는데요. 저희 놀부에서 출시한 갈비찜입니다. 갈비를 씹으실 때마다 놀부의 김순진을 떠올려 주시면 감사하겠습니다." 짧지만 배려와 위트가 넘치는 멘트라는 생각이 들었었다. 황금색 보자기로 소담하게 포장된 갈비찜을 한 분 한 분께 정성스럽게 직접 건네주시는 모습 속에서 정이 듬뿍 담긴 어머니의 자상함과 따뜻함이 전해졌다. "저는 단돈 200원으로 시작해서 지금의 놀부를 이루었어요. 어려운 순간이 많았지만 그 어느 순간에도 제 꿈을 포기하지 않았습니다. 그 꿈을 이루기 위해 더 큰 열정을 가졌고, 아주 작은 일에도 최선을 다해 살았어요."라고 말하는 김순진 회장의 얼굴 속에서 희망의 꽃이 활짝 피어 있었

행복한 실패자가 되라

　요즘에는 이상하게 일이 꼬였다. 같은 미용실에 같은 헤어디자이너한테 한 머리인데도 왠지 마음에 안 들고…. 구입한 지 얼마 안 되는 노트북인데도 너무 느린 것 같고…. 작년에 입었던 옷이 너무 꽉 끼는 것 같은…. 뿐만 아니라 생각도 못한 업무파트너가 나타나 협약을 맺자고 손을 내밀기에 좋다고 잡았는데, 상대방이 잇속만 차리고 슬쩍 손을 빼는 등 그 일을 위해 나의 소중한 시간과 노력을 쏟아부었는데 맨땅에 헤딩한 것 같은 결과가 나를 처지게 만들었다. 처지니 의욕이 없어지고, 만사가 귀찮아졌다. 불만이 많아지고 불평도 늘어만 갔다. 하지만 불평불만을 표현하는 것에 익숙하지 못한 나는 가슴속에 불평불만 더미들을 쌓아놓고 있었다. 해소를 못하니 답답함은 쌓여가고…. '행복한 삶, 그리고 행복한 이미지와 서비스'에 대해서 강의를 하는 내 자신이 참 다른 사람처럼 느껴지기도 했다. 문득 '나는 지금 행복한가?' 거울 속의 나에게 물어보게 되었다. Nobel 경세학상 수상자인 기네만 교수는 '하루 동안 기분 좋은 시간이, 길면 길수록 행복한 삶'이라 하였다. 그런데 나는 시간이 흐를수록 하루 중 행복한 순간이 점점 줄어들고 있음을 느끼면서 내게 터닝 포인트가 필요함을 느꼈다.

2006년 공부벌레들만 모여 있다는 하버드대학교의 최고 인기 강좌가 긍정 심리학(행복론)이었다. 하버드대학교뿐만 아니라 미국 전역의 100개 이상의 대학에서 긍정 심리학 강의가 이루어지고 있다. 최근 영국의 BBC에서 슬라우라는 작은 도시를 대상으로 '행복 만들기' 프로젝트를 다큐멘터리(행복)로 방영해 전 세계 주목을 받았고, 우리나라도 예외는 아닌듯 전 세계의 '화두'는 '행복'이다. 그런데 행복관련 다큐멘터리나 책들을 보면 결론은 바로 이것이다. "대부분의 사람들이 행복하지 않은 것이 아니라 행복을 느끼지 못하고 행복을 만들어가지 못하는 것이다."

그러고 보니 나 또한 그러했다. 미용실, 노트북, 옷… 모두 제자리에 그대로였는데 그것을 보고 느끼는 내가 바뀐 것이었다. 내 마음속에 있는 행복의 스위치를 켜지 못하고 있었던 것이라고나 할까? 얼마 전 인천국제공항에서 CS모니터링을 하면서 그곳에서 탑 탤런드 K씨를 보았다. 같은 여성이 봐도 매력적인 그 미모를 보면서 속으로 '저 사람은 참 좋겠다.' 싶었다. 순수한 부러움이었지 질투는 아니었던 것으로 보아 내 마음속에 저 사람과 나는 다른 사람으로 선을 진하게 그었던 것 같다. 그래서 질투가 나지 않았던 거고. 그런데 내 잣대로 보았을 때 나와 고만고만한 사람에게서는 질투를 강하게 하는 나를 발견한다. 행복의 스위치는 비교로 인해서 곧잘 꺼져 버리는 것 같다. 나와 수준이 비슷하다고 혼자 잣대로 결정해 버린 옆집 아줌마나, 친구의 일이 더 잘 풀리면 행복이 잠시 멈추어 버리기도 하니까… 하지만 생각해보면, 참 못난 짓이다. 더 크게 볼 일이다. 성공한 사람들의 목표는 원대하다. 그래서 웬만한 일에는 관대해지는 것이리라. 저녁으로 근사한 한정식을 먹으러 가는 사람에게 빵 한 조각 줬다 뺏는 것이 그리 노엽지는 않다. 참을 만하다. 하지만 배고파하기만 할 뿐 무엇을 먹어야 할지 모르는 사람에게 던져진 빵 한 조각은 먹는 것의 전부로 보일 수도 있고, 줬다 뺏는 행동을 경험했다가는 그 노여움이 하늘을 찌르지 않을까? 바로 꿈의 차이다. 목표의 차이다. 그래서 내가 가져야 할 꿈의 파이를 조금 넓힐 필요가 있다. 하지만 내가 이미 갖고 있는 것은 감사하게 만족할 줄 알아야 행복하고 친해진다.

생각해 보니, 내게 손을 내밀었다가 슬쩍 빼버렸던 나에게 주어진 그 많은 기회들에게 감사해야 할 일이었다. 누구에게나 주어지지 않는 그 기회들이 내게 주어질 수 있었다는 사실만으로도 충분히 감사해야 한다.

성공한 경영자에게 어떻게 성공할 수 있었는지 물었다.

“좋은 결정 때문이었습니다.”

그럼 좋은 결정은 어떻게 내릴 수 있었는지 물었더니,

“좋은 경험 때문이었습니다.”라고 한다.

좋은 경험은 어떻게 할 수 있었는지 물으니,

“나쁜 경험들 덕분입니다.”라고 한다.

내가 생각했던 그 수많은 나쁜 경험들이 나를 성공의 길로 인도해 주는 반딧불이었음을 미처 몰랐던 것이다.

성공은 아무나 하지 않는다. 하지만 실패 또한 아무나 하는 것이 아니다. 하물며 행복한 실패자는 더더욱 아무나 할 수 없는 것이다. 아무것도 겨냥하지 않으면 아무것도 명중시킬 수 없다. 성공 지상 사회에서 가장 행복한 실패자, lucky loser로 살아가는 길! 차라리 주저 없이 실패를 겨냥하기로 다짐해 본다. 그것이 또 다른 행복의 시작이므로.

해결! 돈이 보인다

'SBS 해결! 돈이 보인다.'라는 프로에서 서비스진단전문가로서 최종관문 판정단으로 반 년 정도 진행을 했었다. 이 프로는 대박집의 노하우를 쪽박 집에게 전수하여 대박 나게 해주는 그야말로 신나고 감동 있는 방송이었다. 조건 없이 수년간 어렵게 쌓은 대박의 노하우를 정말 감사한 마음으로 값비싼 땀방울을 흘려가며 전수받아서 대박으로 거듭나는 모습을 보며 가슴이 훈훈해지기도 했다. 반면에 싸구려 자존심 따위를 내세우며 쪽박이라고 무시하네…. 어려워 못하겠네…. 지나친 엄살과 교만을 부리는 출연자들을 보면서, 스태프들은 입을 모아 말하곤 했다. '저런 사고방식이니까 쪽박이 됐지!' 희망이란 가난한 자의 빵이라는 말처럼, 희망이 없다면, 쪽박을 벗어날 수 없는 일이다.

지금도 기억에 남는 감자탕 쪽박집이 있는데다. 그 음식점의 감자탕 속에 감자가 없었다. 이유를 물어보니 여주인 왈, "제가 감자를 싫어해서요." 기가 막혀 말이 안 나왔던 기억이 지금도 생생하다.

많은 쪽박집 주인들은 입을 모아 불평을 했었다. "저는 운도 더 럽게 없는 사람이에요. 저처럼 하는 족족 운이 안 따르는 사람도 아 마 없을 겁니다." 글쎄다. 과연 그럴까?

내가 본 결과, 운은 운을 부르는 사람을 따라간다. 그리고 운이 왔을 때 재빠르게 알아보는 눈도 필요하다.

영국 BBC 방송에서 보도했던 흥미로운 연구보고서가 있다.

리처드 와이즈만 허트포드셔대 교수가 지난 10년간 한 실험으 로, 자신이 운이 좋다고 생각하는 사람들과 운이 나쁘다고 여기는 사람들이 연락하도록 신문광고를 냈다. 수백 명의 남녀가 지원을 했고, 그들의 행동을 관찰하고 실험에 참여시켰다.

먼저, 행운을 알아차리는 능력을 파악하는 실험을 했다. 신문을 주고, '신문에 사진이 몇 장이 실렸는지 말하라'고 한 것이다. 이 때 와이즈만 교수는 신문 가운데 "이 광고를 봤다고 말하고 250파 운드를 받으세요."라고 신문지 절반크기의 광고를 냈다. 행운이 따 르지 않는 사람은 이 광고를 놓친 반면, 행운이 따르는 사람은 이 광고를 찾아내는 비율이 높았다. 운이 나쁜 사람들은 일반적으로 운이 좋은 사람보다 긴장돼 있고 열망이 커서, 기대하지 못한 것을 찾아내는 능력이 가로막힌다는 것이다. 뭔가를 찾는 데 너무 열중 한 탓이다.

닭을 찾다가 꿩을 놓치는 식이다. 행운이 따르는 사람은 더 여유가 있고, 더 열려 있어서 자신들이 찾는 것 이상의 것을 본다는 것이다.

그래서 이들은 기회를 만들거나 알아채는 능력이 뛰어나고, 직감에 따라 결정하고, 긍정적 기대로 자기만족적 예언을 하고, 불운도 행운으로 바꿀 수 있는 긍정적 사고를 갖는다. 실험 참가자들에게 이런 태도를 갖고 한 달을 보내도록 한 결과, 한 달 뒤 80%의 사람들의 행복지수가 더 높아졌고, 자신의 삶에 대한 만족지수가 높았으며 특히, 행운이 더 따랐다고 한다.

많은 사람들은 '나에게도 언젠가는 행운이 찾아오겠지' 라는 기대를 안고 살아간다. 그러나 대부분은 행운을 잡을 수 있는 기회가 와도 그것을 알아차리지 못한다. 행운이란 잡아야 하는 것이라기보다 우연히 굴러들어오는 것으로 생각하기 때문이다. 혹시나 하는 마음으로 앞으로의 운세를 알아보거나 행운이 깃들어 있다는 물건을 지니고 다니는 것도 이러한 심리에서 기인한다. 그러나 행운은 저절로 굴러들어오지 않는다. 복권을 사야 복권에 당첨되는 행운을 누리고, 데이트 신청을 해야 데이트를 할 수 있는 것이다. 행운은 노력이 기회를 만난 것이라는 오프라윈프리의 말이 오늘따라 웃으며 다가온다.

행복은 참 쉽다!

요즘 외로움을 타는가 보다. 나도, 남편도, 내 주위사람들도 모두… 바쁘게 일하다가도 나는 문득 창밖을 보면서 '나 지금 잘 살고 있는 거 맞나?' 싶기도 하고, '나 지금 행복한가?' 물어보기도 한다. 그런데 그 때마다 잘 모르겠다. 나의 멘토들은 어떨까 궁금해진다. 멘토들도 가끔 창밖을 보며 나처럼 이런 생각을 할까? 생각을 한다면 나처럼 잘 모르지는 않겠지? 아니야… 모를지도 모르지…. 혼자 머릿속으로 북 치고 장구 치고 다 하면서, 내가 이럴 때가 아니지… 빨리 급한 일부터 처리하자' 이런 식으로 흐지부지 생각을 정리 못하고 남겨둔다. 스커트 밑단의 지저분한 실밥처럼… 그리고 나서 저녁을 먹고 차 한 잔 마실 여유가 생기면 그 때 다시 그 실밥을 잡고 정리해 보려 이리저리 돌려본다.

내가 20대였을 때, 40년 인생을 사신 분들은 자신에 대해서 또 삶에 대해서 명확한 자신만의 생각 컬러를 갖고 있으리라 믿었는데, 벌써 40이 된 지금의 나를 돌아보니, 20대였을 때와 별반 차이가 없음에 심난해지곤 한다. 하지만 그나마 고무적인 것은 행복을 만드는 기술이 조금 늘었다는 것이다. 이 세상 모든 불행이 다 나한테 쏟아져 내린 것 같은 느낌이 들 때 행복을 만드는 기술이 있다는 것. 참 다행스럽다. 내가 처음부터 그런 기술을 갖고 있었던 것은 아니다. 내가 존경하고 좋아하는 L선배를 통해 그런 기술이 있다는 것을 처음 알게 된 것은 참 고마운 일이다.

"행복도 만들어질 수 있어. 지금, 행복하지 않다면 행복을 배우는 거야. 행복은 요리나 자전거타기처럼 배울 수 있는 기술이거든".

그렇다. 행복은 기술이다. L선배는 자신의 행복을 참 잘 배운다. 그리고 배운 행복을 참 잘 다룬다. 적어도 내가 보기에는 그렇다. "가장 먼저 배운 행복의 기술이 뭐예요?"라고 묻자, 일초의 망설이도 없이 답한다. "내 자신을 있는 그대로 좋아하는 거!" 생각해 보니 명쾌했다. 꽤 근사한 기술이라는 생각이 든다. 익히기는 참 힘든 기술이지만, 한 번 익혀두면 평생 써먹을 수 있겠다 싶다.

조금 촌스러운 이름. 박. 영. 실…. 그래도 괜찮다 뭐…. 정감은 가니까….

굵은 팔뚝과 허벅지…. 그래도 괜찮다 뭐…. 적어도 빈티는 안 나니까….

친구가 내 욕을 한다. 그래도 괜찮다. 내가 욕해서 평생 미안한 거 보다는 나으니까….

몸이 아프다…. 그래도 괜찮다 뭐…. 더 아프지 말라고 신호를 보낸 거니까….

일이 힘들다…. 그래도 괜찮다 뭐…. 일이 없어 힘든 것보다는 백 배 행복하니까….

뭐 이런 식이다. 그런데 해보니, 꽤 힘이 세다. 내 마음을 웃게도 하고, 내 몸을 가볍게도 하니.

그러고 보니, L선배가 내게 보내준 편지 중에 필자의 마음을 흔들어 놓은 부분이 있다. 코팅해서 책상유리 밑에 끼워놓은 바로 그 글….

'가장 큰 행복은 로또에 당첨되었을 때가 아닐지도 몰라! 가장 행복한 순간은 우리의 마음속에 열정의 불꽃이 타오르는 순간일지도! 참 다행스럽게도 우리는 지금 마음만 먹으면 그 불꽃을 피울 수도 있다는 것! 위안이 된다. 참'

이 글을 읽을 때마다 나는 생각한다.
'이런 좋은 글을 나누는 선배가 내게 있다는 것이 위안이 된다. 참'

신종플루보다 전염성이 강한 것! 행복바이러스

존경할 만한 이에게 메일이 왔다. 외부 출강으로 막 나가려던 참이었는데 그 메일을 읽으면서 잠시 생각에 잠겼다. 행복……. 그래 행복이 이런 거였지 ! 내 행복을 오랜만에 살펴보게 한 내용이다.

런던 타임誌에 가장 행복한 사람에 대한 정의를 독자로부터 모집한 내용이 게재되었는데 2위가 아기의 목욕을 다 시키고 난 어머니, 그리고 1 위는 모래성을 막 완성한 어린아이였단다. 여기에는 돈도 명예도 없다. 저 자신의 수고를 통해 맺어지는 열매를 보고 기뻐하는 사람만이 있었다. 그렇다면 누구나 마음만 먹으면 쉽게 행복해질 수 있다는 것이다. 어린아이들과 함께 하면 행복해지는 이유 중 하나가 아이들은 작은 것에 행복해 하고 그 행복을 거침없이 표현하기 때문이 아닐까 싶다. 내 조카도 카레를 해주면 입에 잔뜩 묻히며 먹자마자 동그랗게 뜬 큰 눈으로 엄지손가락을 들면서 "진짜 맛있어요!"라고 한다. 사실 내가 한 음식은 나와 조카 외에는 별로 좋아하지 않는다. 음식을 먹다 내 입가에 뭐라도 묻는 날이면 손가

락으로 가리키며 얼마나 깔깔대고 웃는지 순간 행복이 전염된다. 내가 하는 일 또한 교육을 통해 행복을 전염시키는 일이라는 것이 참 감사하다. 행복을 전파하면서 정작 가장 행복한 사람은 나다. 우유를 배달받아 먹는 사람보다 정작 더 건강한 사람은 우유를 배달하는 사람인 것처럼.

얼마 전에는 교육을 마치고 나오는데 교육생이 귤을 양손 가득 담아 내게 건네며 "오늘 강의 참 좋았습니다. 강사님"이라며 정중하게 인사를 했다. 우리나라의 대표 할인마트의 점장을 맡고 있는 상무였다. 그러고 보니 교육 내내 맨 앞줄에서 가장 열심히 고개를 끄덕이며 박수쳐 준 분이었다. 교육담당자의 말을 들어보니 직원들의 신뢰를 한몸에 받고 계신 분이라 했다. 내가 교육을 업으로 삼은 지도 어느덧 17년차가 되어가는 지금, 생각해 보니 조직에서 인정을 받는 사람들은 한결같이 행복해 보였고, 함께 하는 사람을 행복하게 했던 것 같다. 인정을 받기에 행복한 것인지, 아니면 스스로 행복하기를 선택했고 주변에 행복을 전염시켰기에 인정을 받은 것인지, 나는 후자일거라는 믿음이 시간이 지나면서 강해진다.

평상시 건강관리 잘 하기로 유명한 P 대표가 어깨가 결려서 고생이라고 말한 내게 조언을 해줬다. 남편과 함께 한 조가 되어, 자기 몸의 피곤한 부위가 있으면, 상대방의 같은 부위를 마사지해 주라고.

상대방의 피곤하고 아픈 부위가 아니라, 자신의 피곤하고 아픈 부위와 같은 곳을 상대방에게 마사지해 주는 것이란다. 그렇게 하면, 놀랍게도 자신의 피곤한 부분이 풀리는 것을 느끼게 된다나? 그런데 실제로 해보니 효과가 있었다. 강한 믿음 때문만이었을까? 이 책을 읽는 여러분도 한 번 시험해 보기 바란다. 그런데 효과가 없으면? 걱정하지 말고 하면 된다. 효과가 있을 때까지 쭉!

이것은 도대체 무슨 영문일까? 바로 '공명(共鳴)' 때문이란다. 보이지는 않지만 서로 공명하고 있다는 것.

행복해지고 싶다면, 자신보다는 눈앞에 있는 사람을 행복하게 해주는 것이 의외로 가까운 길일지도 모른다는 P 대표의 말이 유난히 빛이 난다.

행복을 디자인하라

일상생활 속에서 명쾌한 해답을 얻고 싶을 때 나는 성공멘토들을 떠올리며 마음을 다잡곤 한다. 되도록 자주 하루를 정리할 때마다, 혹은 하루를 시작할 때 계속해서 자극을 받으려고 노력한다. 인생을 변화시키는 것은 그런 작은 습관에서부터 시작된다는 믿음 때문이다. 일정기간을 정해 그 동안 그들을 인생의 스승으로 삼아 알차게 하루하루를 꾸며가고, 그 후에 변화를 찾아보는 시간을 갖는 것이 참 중요하다.

요즘 나는 특히 건강에 신경을 많이 쓰려고 하는데, 귀찮아지고 게을러질 때면 모임에서 만난 타워스 왓슨 앤 컴퍼니의 박광서 대표의 말을 떠올리면서 자극을 받곤 한다. 첫 만남에서부터 에너지가 넘치는 박광서 대표의 이미지를 한단어로 말한다면, '행복디자이너'였다. 식사를 하면서 행복을 위해 가장 신경쓴다는 건강관리에 대한 노하우를 들으면서 박대표에게서 에너지가 넘칠 수밖에 없는 이유를 알게 되었다. 그에게는 하루 중 행복한 일 3가지가 있는데, 운동, 독서, 피아노 연주를 꼽는다. 박대표는 일을 통해 느끼는 행복 말고도 일상에서의 행복 또한 절대 놓칠 수 없다고 했다. 그런 행복을 통해 정신과 몸의 건강을 유지한다는 사실을 알면서도 못하고 있다고 자책할 필요 없다. 지금 당장 새롭게 시작하면 되는 것이니까.

"세상을 살며 여러 사람들의 삶을 보면, 자신의 가능성을 제대로 살리는 이는 많지 않다. 젊은 시절에는 많은 이들이 큰 꿈과 포부를 갖지만 정작 원하던 인물이 되기는 힘들다. 전 세계 인구의 3퍼센트만이 자신의 꿈을 현실로 이룬다고 한다. 나머지 97퍼센트의 사람들은 자신의 가능성을 현실로 만들지 못하고 있다는 이야기지요."라고 말하는 그의 빛나는 얼굴은 3퍼센트에 드는 자에게서만이 나오는 광채였다.

살아가며 자신의 원칙이 흔들리는 것을 종종 경험할 것이다. 무엇이 옳고 그른지 판단할 수 없고, 끝없는 절망만 주위를 감싸고 있다. 그럴 때 나는 이 말을 떠올리곤 한다.

'we are all something, but none of us are everything(모두가 중요한 존재이다. 어느 누구보다 더 중요한 사람은 존재하지 않는다).'라는 블레즈 파스칼의 말이 조심스레 희망을 고개 들게 한다.

또 '지금 우리를 향해 다가오고 있는 미지의 축복에 감사하라'라는 아메리카 원주민 속담은 절망적일 때 어떻게 희망을 품을 수 있는가에 대한 작은 힌트가 된다.

"원장님도 절망적일 때가 있으신가요?"라고 묻는 교육생이 있었다. 언젠가 내가 나의 멘토에게 물었던 내용과 많이 닮았다. 그 멘토의 반듯한 가치관이 탐났고, 여유로운 사고가 부러웠으며, 누구나 인정하는 위치가 한없이 높아보였기에 그 당시 나의 그 질문은 내 속을 드러내 보인 것이었다. 그런데 나처럼 그 교육생도 내게 속을 내보인다고 생각하니 친밀감이 생겼다. 그리고 지금의 나도 누군가에게는 썩 괜찮을 수 있겠다 싶은 생각에 어깨에 힘이 들어갔다. 그리고 내 대답을 기다리는 그 교육생에게 이렇게 말했던 것 같다.

"나도 누군가와 비슷한 질문을 했던 적이 있어요. 그 때 나는 '네, 절망의 밑바닥을 탕~하고 치면 올라갈 일만 남더라고요.' 라는 대답을 들었었지요. 내 대답도 같아요. 그 때 들은 그 대답으로 더 이상 절망이 무섭지만은 않아졌거든요."라고.

꿈이 있는 사람들은 역경을 이겨낼 수 있다. 성공한 사람들의 이야기는 우리에게 새로운 꿈을 꾸게 해준다. 그리고 독선으로 치닫던 나를 지혜에 귀를 기울이게 해준다. 지금 당신이 마음의 키를 잃었다면 성공한 이들의 이야기를 마음에 심은 돛대 삼고 삿대 삼아 인생의 뱃길을 노 저어 가기 바란다. 어떤 특정한 상황에서 만난 한 줄의 글이 인생을 바꿀 수도 있으므로.

사람을 모으는 매력의 힘 7가지

성공을 사냥하고 싶다면 행복을 먼저 겨냥하라

성공한 그가 하루 종일 생각하고 있는 것 – 바로 사람이다

창조적 사고가 스토리텔링력을 만든다!

성공하는 사람의 사전에는 사람이 있다!

오늘은 내가 어제까지 세상에 보낸 생각의 결과다!

행동하는 사람처럼 생각하고, 생각하는 사람처럼 행동하라

성공 DNA를 카피하라

성공을 사냥하고 싶다면 행복을 먼저 겨냥하라

　'일에서 성공, 삶에서도 성공! 균형 잡힌 성공이 진짜 성공이다' 라는 말을 요즘 들어 자주 듣게 된다. 세상이 점점 성공하기 어렵게 변하고 있음이 분명하다. 잘 생긴 학생이 공부도 잘 하고, 운동도 잘 하고, 집안도 좋고, 성격까지 좋아야 '엄친아' 소리를 듣는 것처럼.

　'업무만을 우선시 했던 기존세대와는 달리 X세대 직장인들은 일과 개인적인 삶의 조화, 자기성장, 직장동료와의 원활한 관계 등을 훨씬 중시한다.'는 최근 월스트리트지의 기사가 말해주듯 성공의 개념도 진화하고 있다. 이제, 비즈니스 외적인 삶에서의 만족감을 소홀히 하지 않는다. '성공하면 행복한가?' 라는 화두에 좀 더 솔직한 답변을 주기 위한 성공법을 요구하는 시대가 온 것이다. 무조건 하면 된다는 식의 성공법으로는 공허한 가슴을 채워줄 수 없기 때문이다.

　성공의 해법은 무엇일까? 자신의 마음이 인정하는 성공은 직업

과 가족, 건강, 그리고 삶의 의미라는 네 가지 영역들의 균형 위에
있다고 많은 이들이 주장한다. 즉 work-life balance를 강조한 것
이다. 그러나 S부회장의 '행복한 성공'은 복잡하게 말하지 않는다.
말이 아니라 행동으로 시원하게 말한다. 성공을 원한다면, 먼저 사
람들과 행복을 나누라고! 얼마 전 강의를 마치고 사무실에 들어와
보니, 강의하는 필자의 모습이 담긴 사진들과 함께 감사의 편지가
정겹게 놓여 있었다.

구수한 정의 향기가 느껴지는 현상된 10여 장의 사진을 보고 있자니, 내가 강의를 할 때 가운데 맨 앞자리에서 경청하면서 사진을 찍던 열정적인 모습과 함께 어떤 사진을 골라서 보낼까 이리저리 고민하셨을 아기자기한 정겨운 생각이 연기처럼 피어올랐다.

심부회장을 처음 만난 것은 한 모임에서 만난 K실장의 출판기념회에서였다.

의미 있는 자리를 빛내기 위해 색소폰과 피아노 및 기타 연주 그리고 팝송과 가곡 등이 멋지게 무대 위에 펼쳐졌는데, 그 주인공들은 초대연주가나 전문음악가가 아닌 CEO분들이었다. 전문가도 울고 갈 정도로 여유 있는 모습으로 위트와 함께 관중의 감성을 확 사로잡았다. 사회적 명성과 지위를 성공의 잣대로 보았을 때 이분들은 직업뿐만 아니라 자신의 즐기는 삶에서도 온전히 성공한 듯 보였다.

특히 "프로이신 분들의 노래를 기대하신다면 제 노래가 많이 부족하겠지만, 즐거운 마음으로 불러보겠습니다. 양해해 주시기 바랍니다."라며 편안한 미소로 운을 떼며 혼신을 다해 '그리운 금강산'을 열창하는 삼익 THK 심갑보 부회장의 모습은 그야말로 아름다운 성공을 이룬 자의 편안한 모습이었다. 그 때를 인연으로 다른 조찬모임에서 뵙고 인사를 드렸었다. 물론, 나를 기억하지 못하실 지도 모른다는 생각과 함께 말이다. 그런데 그것은 기우에 지나지 않앉음을 아는 데는 그리 오래 걸리지 않았으니…… "박영실 원장님. 반갑습니다. 지난번에 우리 출판기념회에서 만났었지요?"라면서 또렷하게 기억한 것은 시작에 불과했다. 받은 명함 메일로 두세 줄 정도의 안부 인사를 했는데 한 시간도 채 되지 않아 10줄 정도의 정성이 듬뿍 담긴 답 메일을 보내주었다. 내용은 다음과 같다.

박영실 원장님

오늘아침 조찬회에서 만나뵙게 되어 반가웠습니다.

조선일보 인물정보에서 박원장님의 인적사항을 검색해 보니 존경하는 인물로 허태학 사장님을 기재하셨더군요.

언젠가 허사장님으로부터 박원장님에 관한 소개를 들은 기억이 납니다.

허태학 사장님과는 당OO모임과 한OOOOO 등에서 친분을 유지하고 있습니다.

홈페이지에도 들어가 보고 박원장님의 활동 상황을 알 수 있었습니다.

- 중략 -

다음 조찬회에는 다른 일정과 겹쳐 참석이 어려울 것 같습니다.

지난 일요일 친지에게 보낸 메일을 별도로 보내 드리겠습니다.

안부메일을 보내면 답 메일이 오더라도 달랑 한두 줄 정도로 마지못해 하는 형식적인 경우는 그나마 다행이고, 하루가 지나고 이틀이 지나도 함흥차사인 경우도 많다. 그런데 마음 담긴 그런 답 메일을 받으면 읽고 또 읽게 된다. 내게 답 메일을 보내기 전에 인물 정보란과 홈페이지 등을 통해서 나란 사람에 대해 관심을 갖고 이토록 소중한 시간을 할애해 주었음에 고개가 절로 숙여진다.

뿐만 아니라 한 번 인연을 소중하게 갈고 닦는 노력과 열정에 놀라지 않을 수 없었던 것은 2008년 12월 이후부터 지금까지 일주일에 두세 번씩 주옥같은 글이나 그림, 음악들을 끊임없이 보내주는 것을 받아보면서 새삼 느꼈다. 행복을 나누어주고, 퍼주면서 삶의 성공파이를 더 크게 만들고 있는 것이 바로 아름다운 성공을 한 사람을 만드는 비법임을.

우리는 성공인들을 이렇게 생각하곤 한다. 행복하게 성공하며 균형감 있는 사람, 인간관계가 좋은 사람, 실패를 통해 배운 사람, 겸손하게 일상을 사는 사람으로 말이다. 이런 기준에서 보아도 심갑보 부회장은 많은 이에게 행복을 나누어 주는 멘토의 조건에 부합하는 성공인임에 분명하다.

성공을 사냥하고 싶다면 그처럼 행복을 먼저 겨냥하라.

행복을 찾다 보면 그 속에 성공이 있을 것이니…

성공한 그가 하루 종일 생각하고 있는 것 – 바로 사람이다

강의할 때 좋은 얼굴 이미지의 표본으로 활용하고 싶은 분이 계셨다. 마침 모임에서 그를 만나 조심스레 요청했다. "허락만 해주신다면, 강의 때 L○○님 사진을 사용하고 싶은데요. 저작권에 문제만 되지 않는다면 말이지요." 그런데 순간, 나는 저작권이 아니라 초상권이 바른 표현임을 느꼈기에 얼굴이 달아올랐다. 그런데 그때 마침 나의 당황스러움을 눈치 채기라도 한 듯 도움을 준 이가 있었다. "박영실 원장님이 강의처럼 좋은 일에 사용하시는 것이니, L○○님께서도 초상권 문제로 거절하지는 않으실 듯 싶은데요. 그렇지요?" 덕분에 함께 했던 분들이 저작권이라는 단어에 신경 쓰기보다는 L○○님의 빠른 긍정적인 대답을 기다리는 쪽으로 관심이 기울어진 것 같았다. 그녀는 바로 놀부의 김순진 회장이다. 그때 만일 그녀가 내 말을 거들어 주지 않았더라면 머쓱했을 것을 생각하니 고마웠다. 게다가 혹시라도 "저작권이 아니라 초상권이 맞는 표현 아닌가요?"라고 했더라면 나는 그 자리에서 홍당무가 되었을 것이다. 상대의 실수를 티 안 나게 감싸주려는 모습! 이것이 바로 인간관계에서 가장 필요한 마음가짐임을 배울 수 있었다.

김순진 회장은 87년 창업 이후 가맹점 560개, 연간 외형매출 5000억 원 달성에 이어 프랜차이즈 업계 최초로 토종 브랜드 '놀부'를 수출하는 성과를 이뤄 주목받았다.

가맹점주의 성실함까지 챙기는 깐깐함은 '정도경영'의 원칙에서 비롯한다.

직원들과 직접 먹을거리를 들고 소외·복지시설을 찾는 사회공헌 활동과 메세나 운동 참여는 '번 만큼 환원한다.'는 그의 소신에 따른 것이기 때문에 주목받기에 충분하다고 본다.

나는 아직 사람의 태도만큼 강력한 것을 본 적이 없다. 태도는 위기를 기회로 바꾸기도 하고, 기회를 망쳐버리기도 한다. 긍정적인 사람은 고난을 뛰어넘어 성공하지만, 부정적인 이들은 걸려 넘어진다.

미국의 카네기 공대 졸업생 중 성공한 사람들을 추적해서 성공의 비결을 조사한 보고서가 있는데, 성공한 사람들은 이구동성으로 그들의 성공 비결을 이렇게 말했다.

"전문지식이나 기술은 내가 성공하는 데 15%의 영향밖에 주지 않았다."

사람은 무엇을 심든지 그대로 얻는다. 삶을 바라보는 현재의 태도와 행동이 미래에 그대로 반영된다면, 어떻게 하겠는가?

열린 마음만 있다면 삶은 역동적인 변화의 과정으로 바뀌게 될 것이다. 그리고 내면의 건강한 태도가 어떻게 다른 사람들에게까지 영향을 주게 되는지 보게 될 것이다.

창조적 사고가
스토리텔링력을 만든다!

"1991년 아오모리 현(懸)에 수확을 앞두고 불어온 태풍으로 사과 90%가 떨어졌다. 그렇지만 낙담하지 않고, 창의적 사고를 발휘해서 아직 떨어지지 않은 10%에 스토리를 만들었다. 그리고 그 사과를 '태풍에도 떨어지지 않는 사과' 즉, '합격사과'라는 상표를 만들어 수험생들에게 보통 사과보다 10배나 비싸게 팔았다. 물론 날개 돋친 듯 팔렸다."

이처럼 스토리텔링 능력은 창조적인 사고에서 나온다고 할 수 있다.

"창조적인 사고력을 기르기 위해서는 자신만의 독특한 습관과 취미생활을 유지해야 해요. 매일매일 같은 물건을 다른 눈으로 보는 강아지 같은 호기심을 가져보는 것도 창조적 사고를 기르는 좋은 방법이지요." 이처럼 창의적 사고를 위해 노력하는 사람이 있다.

현대홈쇼핑 홍성원 고문이다. 그의 취미는 노래와 명상, 등산 등 다양하다. 그 중 타인의 감성까지 행복하게 전염시켜 주는 취미로는 단연 색소폰 연주를 들 수 있다. 크고 작은 모임에서 분위기를 한층 고조시켜 주는 홍고문의 색소폰 연주는 단연 인기 최고다. 감칠맛 나는 연주도 일품이지만 정겨운 미소와 스토리텔링으로 빛을 발하는 쇼맨십은 전문연주가를 부끄럽게 할 정도다.

작년 연말 모 저녁 모임에서도 초청을 받아 도착해 보니, 실버 스팽글이 화려한 반짝이 옷, 그야말로 팬들을 위한 무대복(?)에 빨간색 나비넥타이까지 준비해서 온 홍고문을 보고 신선한 충격을 받았다.

직원들에게도 이러한 감성 터치는 예외가 아니리라. 아니나 다를까 모임에서 그분의 소중한 가치관을 들을 수 있었다. "저는 CEO란 연기자라고 생각합니다. 연기를 최대한 열심히 하지만 그것뿐입니다. 조직 속 역할일 뿐인데 그것을 나와 동일시해 나 아니면 안 된다고 생각하면 쓸쓸하고 추해지지요. 직책은 추억일 뿐, 인생은 아닌 것이지요." 아울러 남을 즐겁게 할 수 있을 뿐 아니라 자신을 즐겁게 할 수 있는 취미 하나쯤은 반드시 가져야 한다고 강조하는 그는 현대홈쇼핑 사장을 역임했으며 후발주자인 현대홈쇼핑이 업계 빅3로 올라서는 데 기여한 1등 공신으로 꼽힌다.

모임에서 옆자리에 앉은 그에게 성공의 의미에 대해 물어본 적이 있었는데 내게 해준 그의 성공에 관한 생각이 정겨운 이야기처럼 새록새록 기억난다.

"사람들은 저에게 성공한 인생이라고 말할지도 모르지만, 성공은 정의하기 나름이라고 봐요. 제가 생각하는 성공은 자신이 좋아

하는 일을 하는 것이라고 보는데, 그렇게 본다면 저도 성공한 편이
겠네요"라며 웃는다. 창조적 사고를 위해서 나도 나만의 취미생활
을 계획해 본다.

성공하는 사람의 사전에는 사람이 있다!

"리더(Leader)는 Reader가 되어야 한다고 생각해요" SK C&C 김신배 부회장이 예전에 함께 했던 모임에서 했던 말이 지금도 생각난다. 리더는 배워서 남에게 주는 역할을 해야 하는데, 배우는 방법이 바로 독서라는 의미다. 그래서 김신배 부회장은 많은 후배들에게 다양한 책을 보라고 권한다고 한다. 책을 통해 지식과 지혜, 경험을 얻을 수 있을 뿐 아니라 세상의 흐름을 알 수 있기 때문이라고.

아울러 그는 젊은이들에게 어느 분야에서나 최고의 권위자가 될 수 있도록 높은 꿈을 품고 그 꿈을 이루어내고자 하는 신념과 의지, 열정을 가지고 몰입하라고 한다. 세계에서 가장 높은 건물로 21세기의 바벨탑으로 불리는 버즈 두바이는 카피의 견제를 위해 높이를 공개하지 않는다고 한다. 다른 높은 건물이 나오면 또 다른 건물을 지을 준비를 하고 최고를 추구하는 집념이 있어 쉽게 못 따라오는 것이다. 그러나 실천 없는 꿈은 몽상에 불과한 것. 사람마다 제각기 자기 몫의 역량이 있는데, 문제는 그것에 얼마나 열정을 가지고 집요하게 몰입하는가가 10년, 20년 후의 모습을 결정한다고 조언한다. 다이아몬드를 절단하는 레이저도 평범한 빛을 동기화 시키고 하나로 결속시켜 힘을 발휘하는 것처럼 말이다.

비교적 성공한 분들과 많은 대화를 나눌 기회가 있었던 나는 성공 멘토들의 아래와 같은 다섯 개의 성공열쇠들을 정리할 수 있었다.

첫 번째 열쇠

성공 자물쇠를 여는 첫 번째 열쇠는 시간 관리다.

매일 86,400초가 있지만, 단 일 초도 미래를 위해 저축할 수는 없다.

어떤 일을 하는 데 '시간이 없어요.'라는 말을 하기보다는 '다른 일에 더 흥미를 갖고 있습니다.'라고 말하는 K전무의 남다름을 내가 느낀 것이 아마 그때부터였던 것 같다. 가족과 시간을 보내는 것처럼 중요한 일은 제쳐두고 TV를 보거나 낱말 맞추기를 하는 등 중요하지도 않은 일을 하면서도 이러한 사실을 인식조차 못하는 것이다.

시간은 돈이다. 누군가가 은행계좌에 접근해 당신의 돈을 훔치려고 한다면 아마도 우리는 펄펄 뛸 것이다. 하지만 시간을 훔치는 요인들에 대해서는 왜 즉각적으로 반응하지 않는 걸까? 두 종류의 시간 도둑이 있다고 한다. 지나칠 정도로 자신에게 몰두하는 것, 꾸물거리고, 완벽주의를 고수하며 불충분한 계획을 짜는 것과 자신의 업무 환경으로 인해 발생하는 도둑들이 그것이다. 이런 시간 도둑들을 그대로 두어서는 안 된다. 자신에게 중요한 문제를 알게 되었다면 이를 해치는 시간 도둑들을 물리칠 방안을 모색해서 실천하면 된다. 이러한 인식과 실천 없이는, 매일 매일을 그야말로 시간에 쫓겨 시간의 노예로 살게 되는 것이다.

세계화전략연구소의 이영권 박사는 시간 관리의 달인이다. 정해진 시간 안에서 어쩜 그렇게 시간 관리를 알뜰하게 잘 하는지를 물었던 적이 있었는데 그의 답은 명쾌했다. '시간이 없을수록 시간은 납니다.'라고. 자투리시간의 소중함은 바쁠 때만이 느낄 수 있고, 날밤을 샌 뒤에 쪽잠의 소중함을 더욱 느끼는 것과 같은 이치가 아닐까.

일상생활에 자신의 가치를 반영할 때 평화로워진다.

마음의 평화는 자신에게 중요한 것이 무엇이고, 그것을 이루기 위해 무엇을 하고 있는지 알고 있을 때 얻어진다. 나는 책을 쓰고 있는 지금 이 순간이 평화롭다. 물론 창조의 고통은 당연히 따르지만, 그럼에도 불구하고 목표를 위해 정진하는 가치 있는 과정의 순간의 고통임을 알고 있기에 괜찮다. 내가 가장 불안할 때는 인터넷에 떠있는 신변잡기적 화제를 보고 나도 모르게 혹해서 클릭하고 또 연관검색어를 클릭하면서 내 의지와는 상관없이 인터넷의 늪에 푸욱 빠져들 때이다. 이렇게 시간을 낭비하면 안 되는데…. 안 되는데…가 어느새 '되는데', '되겠지', '되는 거야'로 스멀스멀 바뀐다. 한참을 이렇게 소중한 시간을 낭비하면서 느끼는 불안감. 그 후에 밀려드는 후회감을 누구나 한 번쯤은 경험해 보았을 것이다. 하지만, 이런 시간조차도 '마음의 평화'에 도움이 된다면, 반드시 경험해 보아야 한다고 하는 이들도 적지 않다. 영화배우 안성기 씨는 작품을 하고 싶은 열정이 마음속 깊은 곳에서 생길 때까지 기다렸다가 작품을 한다는 기사를 읽은 적이 있는데, 공감이 간다.

세 번째 열쇠

> 중요한 목적에 도달하기 위해서는 현재 상태에
> 안주하겠다는 생각을 버려야 한다.

바이런이 바쁜 사람은 눈물을 흘릴 시간이 없다고 한 것처럼 자기 가치를 제대로 인식하며 현실에 안주하지 않고, 인생에서 일어나는 일들을 제대로 통제하면, 어떤 장애물도 자신의 길을 가로막을 수는 없다. 누구나 새로운 일에 도전할 수 있는 것은 아니다. 사람들은 현실에 편안히 안주하며, 이만하면 안정적이라고 생각하고 변화를 두려워한다. 목표를 설정할 때 이러한 낡은 사고방식은 버려야 한다. 목표는 현실과 직접적인 갈등을 빚게 마련이다. 만일 자신이 현실에 만족한다면 목표 설정은 불가능하다. 많은 사람들은 실패를 두려워하여 목표를 세우지 못한다. 하지만 실패의 가능성을 무조건 제거하는 것은 성공의 기회를 제거하는 것과 마찬가지다.

일과를 계획하는 데 최소한의 시간을 투자하면
최대한의 효과를 거둔다.

아침마다 10분에서 15분 동안을 일과를 계획하는 데 써라. 이 짧은 시간을 투자함으로써, 남은 23시간 45분 혹은 23시간 50분 동안, 투자에 대한 보상을 톡톡히 받을 것이다.

나는 중요한 메일을 보냈을 경우에는 수신 확인 여부와 수신 확인 시간을 꼭 보는 편인데, 새벽 여섯 시 이전에 대부분의 수신 확인을 하는 새벽형 인간이 있다. 바로 서울사이버대학교 양병무 부총장이다. 새벽이 그에게는 가장 몰입되는 시간이란다.

자신에게 하루 중 마술 같은 세 시간이 언제인지 알아보라. 마술 같은 시간이란 하루 중 무엇으로부터든 방해받지 않는 시간대를 말한다. 이 시간 동안에는 일상의 긴급한 사안과 업무 이외의 일에 몰두할 수 있다. 사람에 따라서는 오전 5시부터 8시까지, 혹은 밤 11시부터 새벽 2시까지가 마술시간일 수 도 있다. 자신의 마술시간을 찾는 데 가장 중요한 점은 일과계획을 위해 15분 정도는 꼭 필요하며, 지금까지 시간을 효율적으로 사용해 오지 않았다는 점을 자각하는 것이다.

많이 베풀어라 그러면 더 많이 얻게 될 것이다.

한 초등학교 학생들이 자체적으로 만든 신문을 판매해 모은 11만 700원을 불우한 이웃을 위한 성금으로 냈다는 뉴스가 내가 지금 마시고 있는 유자차보다 따뜻하다.

하물며 필요 이상의 것을 갖게 되면, 필요량만큼 갖지 못한 사람들과 그 남는 것을 함께 나누어야 할 도덕적인 책임감이 생긴다. 선행을 많이 베풀면 꼭 금전적인 부분이 아니더라도 그 결과가 따른다. 남을 위해 주었는데 내가 더 행복해지더라는 어느 복지가의 말처럼 나눔의 가치는 매우 크다. 성공한 사람들은 그 가치를 조금 일찍 알았던 것이다.

행복해지기 위해 나의 것을 다른 사람과 함께 나누는 것은 혼자 남은 것을 다 차지하는 것보다 오히려 훨씬 빠르게 행복을 늘려줄 것이다. 그런데 이 내용에는 나를 포함한 많은 사람들이 고개를 끄덕이면서도 자신은 남과 나눌 여유가 있는 사람이 절대 아니라고 생각한다는 것. 바로 그것이 문제다.

그래도 한 번도 본 적 없는 아프리카의 아기들을 위해 뜨개질로 빨간모자를 한 땀 한 땀 만들고 있는 열린 사고의 사람들이 함께 하는 세상이기에 아직은 눈부시게 아름답다. 나도 그 일원이 되겠다고 다짐한지 벌써 이틀째.

한 번뿐인 인생, 멋지게 살아보자!

지금이 만족스럽지 않지만 그냥 참고 살아갈 것인지, 더 나은 삶을 위해 박차고 일어날 것인지. 나의 선택은 어느 쪽일까? 잠시 생각해 본다.

후자를 선택한 사람이라면 이 책이 미약하나마 '멘토' 가 되어 줄 수도 있다.

막다른 골목에 다다랐을 때, 선택을 강요당했을 때, 새로운 국면에 접어들어 어떻게 하면 좋을지 모를 때… 이런 상황에 닥칠 때마

다 꺼내서 필요한 내용이 쓰인 페이지를 펼치면 조금이나마 도움이
될 것이다.

한참 추웠던 얼마 전 저녁, 산책도 할 겸 달빛무지개분수쇼도 볼
겸해서 한강공원을 남편과 함께 나갔다가 우연히 드라마촬영을 하
는 탤런트들을 보았다. 칼바람이 부는 저녁에 여러 번의 NG로 탤
런트들이 지칠 법도 한데 그들의 눈빛은 반짝거렸다. 서로가 서로
에게 힘을 불어넣어주는 듯 보였다. 요즘 최강 인기라고 하는 '지붕
뚫고 하이킥' 팀이었다. 극 중 시골에서 서울로 상경한 식모로 나오
는 세경과 그녀의 동생 신애, 그리고 줄리엔강이 달을 보며 소원을
비는 장면이었던 것 같았다. 따뜻한 방에서 TV를 통해 본 그들의
연기는 재미있기만 했는데 이런 어려움이 있는지 미처 몰랐었다.
그러나 자신들이 원하는 그 무엇을 한다는 공통점으로 서로가 서로
에게 난로역할을 하는 팀원들이 있기에 그 드라마가 빛날 수 있었다
는 사실은 그 날 이후로 알게 되었다. 성공하는 사람들의 사전에는 사
람이 있듯이, 성공하는 드라마에는 사람의 훈훈함이 있었다는 것을…

오늘은 내가 어제까지 세상에 보낸 생각의 결과다!

오늘 바로 이 순간은 내가 어제까지 세상에 보낸 생각의 결과다!

한 사람이 얼마나 높이 일어서느냐는 '재능의 정도'가 아니라 '생각의 정도'에 달려 있다. K사장의 말이다. 자신도 재능보다는 생각의 남다름으로 여기까지 올 수 있었다고 한다. 간절히 원하던 대학교 입시에 실패하고 후기대학에 들어간 후 방황을 한동안 하기도 했었다고 한다. 하지만 곧바로 생각의 방향을 바꾸어서 그 곳에서 자신의 능력의 한계를 제대로 시험해 보아야겠다고 생각의 전환 키를 눌렀단다. 처음에 바꾸기가 힘들지, 한 번 생각을 바꾸기 시작하니 그 학교의 매력에 빠질 수 있었고, 방황하는 자신의 마음을 굳건하게 잡아준 훌륭한 인생의 스승을 만나 지금까지도 긍정적인 영향을 받는다고 한다.

우리는 지금까지 스스로 정한 수준만큼의 재능만을 가지고 있다. 그러나 자신의 머릿속 생각의 그림을 바꾸면 재능의 수준이 달라지는 기적을 경험하게 될 것이라는 K사장의 말에 힘이 들어 있다.

"생각의 방향이 나의 미래를 결정한다!"는 말을 나는 믿어보려 한다.

좋은 것을 생각하라, 더 좋은 것을 생각하라, 최상의 것을 생각하라! 심리학에도 이런 법칙이 있지 않은가? 마음속으로 자신이 되고 싶은 모습을 그리고 그 그림을 늘 간직한다면 머지않아 그 생각대로 된다는 법칙이다. 수많은 청중 앞에서 강의를 한 지도 꽤 된 나이지만, 역시 강의 전에는 매번 긴장을 한다. 그 때마다 주먹을 불끈 쥐면서 떠올리는 광경이 있다. 내 강의에 감동한 청중들이 우레와 같은 박수를 치는 광경…. 분명, 내게 힘을 주곤 했었다.

꿈을 이상으로 간직하는 사람이 있는 반면, 현실이 되게 만드는 사람이 있다. 이들의 차이는 무엇일까? 생각의 실천이다.

생각은 정신적인 에너지이며, 이것은 우리가 바라는 것을 운반하는 수로와 같다. 즉 우리가 어떤 생각을 운반하느냐에 따라 인생의 결과가 달라진다는 것이다. 나의 생각에는 어떤 장벽과 장애물을 세워 놓고 있는가?

'내가 갖지 못한 것에 집착하기', '실패했던 것을 떠올리며 운이 나쁜 사람으로 나의 자화상 그리기' 등의 절망을 끌어당기는 생각은 이제 멈춤 상태 또는 삭제를 해야 한다. 부족하다고 생각하면 부족한 상황이 발생하고, 자신의 부족함을 다른 사람에게 말하면 부족함을 배로 끌어당기게 된다.

즉 우리는 자신의 단점에 집착하면 할수록 타인에게 더 많은 단점을 보여주게 된다.

몇 년째 판매왕인 C차장이 내게 해주었던 경구가 있다. 'Fake it till make it!' 어떤 일에 성공하고 싶다면, 이미 성공한 것처럼 행동하라는 뜻이란다. 자신과 코드가 너무 안 맞아서 어긋나는 사람과 공통점을 만들고 싶을 때 활용하는 자신만의 노하우라고 한다. 상대와 보조를 맞추면, 자신의 몸이 먼저 알아서 상대방과의 공통점을 찾아 보여준단다. 그러면 두뇌는 몸이 하는 말을 그대로 믿게 되고, '이 사람과 함께 있어 좋다'고 생각하게 된단다. 그렇게 하면서 자신이 상대방을 좋아하는 것처럼 스스로를 속이는 방법인데, 싫은 고객을 좋아하고 싶을 때 주로 쓴단다. 효과는 꽤 좋다고 한다.

한 사람이 얼마나 높이 일어서느냐를 결정하는 것은 '재능의 정도'가 아니라 '생각의 정도'다. 만약 자신이 능력과 재능이 부족하다는 믿음을 끌어안고 있다면 두 가지만 생각하자.

***하나** : 성공한 내 모습을 세세하게 그림 그려라.
***또 하나** : 성공한 것처럼 행동하라.

우리는 하루 종일 생각한, 바로 그 모습처럼 된다.
오늘은 내가 어제까지 세상에 보낸 생각의 결과이므로…

행동하는 생각하는 사람처럼 생각하고, 사람처럼 행동하라

'팝의 황제' 마이클 잭슨의 사망 소식이 전해진 뒤 적지 않은 팬들은 큰 실의에 빠졌다. 우리나라를 4차례나 방문하는 등 한국을 좋아한 데다 내가 근무했었던 에버랜드와 호텔신라를 모두 다녀간 스타라서 나 또한 안타까웠다. 내가 존경하는 S이사와 점심을 함께 하면서 마이클잭슨도 감동했던 호텔신라의 서비스 혁신이 어떻게 가능했는지 새삼 되짚어 보는 기회가 생겼다.

우선, 신라호텔이 세계 유수의 호텔들과 어깨를 나란히 할 수 있는 것은 신라만의 맞춤서비스 덕분이다. 마이클 잭슨이 투숙했을 때는, 그의 특이한 성격을 간파한 신라호텔에서 그의 방문에 맞추어 방 전체를 유아 취향의 풍선, 인형, 꽃 등으로 장식하였을 뿐 아니라 그의 취미에 맞게 게임기를 미리 준비하는 섬세함을 보였다. 뿐만 아니라 투숙 당시 건강이 좋지 않았던 배우 안소니 퀸을 위해서는 따뜻한 인삼차와 귤차를 항시 준비하였고, 이국의 호텔 생활에 지루해 하는 그의 어린 딸을 위해 따로 장난감과 인형을 사다 주는 정성을 쏟았다. 어디 그 뿐인가? 알 왈리드 사우디 왕자가 묵었을 때는 그의 종교적 성향을 존중하는 의미에서 방안에 성경을 치우는 대신 코란을 준비하였을 뿐 아니라 술, 담배 등 금기시하는 물건들을 방안에서 치우고, 카펫의 방향도 이슬람교의 메카를 향해 위치 조정을 하여 매일같이 치러지는 그들의 종교 의식에 차질이 없게 배려하였다.

특히 제임스 울펜손 세계은행총재의 방한 때는 그가 음악을 좋아하며 한때 첼리스트였던 점을 감안하여 호텔에 도착 후 방으로 향하는 엘리베이터의 액정모니터를 통해 카네기홀의 공연실황을 보여주기도 했으며 늘 음악이 흐르는 분위기를 유지하였다. 또한 그의 부인이 교육학 전공자로서 교육학에 지대한 관심이 있다는 사실을 알고는 VIP담당지배인들은 교육학에 대해 새로이 공부를 하여 자연스럽게 대화를 유도하기도 했단다.

맞춤서비스의 또 다른 특징은 호텔에 투숙하는 저명인사 전원에게 그들의 이니셜이 수놓인 냅킨으로 서비스를 한다는 것인데, 작은 정성이지만 받는 이의 입장에서 보면 호텔측의 배려가 피부로 느껴지는 서비스를 제공한다는 것을 느낄 수 있다.

또한 그들이 호텔을 떠날 때는 항시 작은 정성을 준비하는데, 안소니퀸에게는 영의정복을 선물하였으며, 박세리 선수에게는 그녀의 흉상을 특별 주문 제작하여 선물하였다.

　이렇듯 감성의 꼭짓점을 터치하는 서비스가 능했던 근본적인 힘은 무엇일까? 바로 서비스리더의 혁신마인드이다. 그 당시 호텔신라의 서비스리더였던 허태학 사장(현재 삼성석유화학 상담역)의 관심과 철학이 크고 작게 영향을 미쳤으리라 생각한다. 위의 내용 대부분도 그의 홈페이지에 소개되어 있었기에 나 또한 마치 그 자리에 있었던 것처럼 생생하게 느낄 수 있는 것이다.

　세종대왕의 위민(爲民)사상과 피터드러커의 말을 가슴에 새기고 몸소 실천하는 솔선수범 리더가 바로 그다!

　'깊이에 끝이 없고, 넓이에 한계가 없으며 변화 속도에 최후가 없는 환경이다. 고객중심의 경영구조, 자율적 의사결정, 품질과 서비스의 총체적 관리가 새천년의 일류기업에 요구된다.' 라는 심오한 말을.

　"인간의 삶의 질 향상을 위한 시간과 공간의 무한가치 창출"이라는 서비스 혁신의 비전을 통해 추진된 에버랜드의 고객 만족경영 사례는 국내의 여러 문헌과 하버드, 펜실베이니아, 캘리포니아, 워싱턴, 보스턴, Western Ontario 등의 외국 유명 대학의 교육교재를 통해서 소개되고 있다.

　에버랜드는 고객만족 분야에 대한 구체적인 실천과제를 설정한 후, 항목별 구체적 추진방법을 통해 고객만족경영을 추진하여 에버랜드를 세계 5위의 테마파크로 변모시켰으며, 또한 서비스아카데미를 통한 국내 유수기업 및 공기업에 대해서 에버랜드의 고객만족경영의 축적된 노하우를 공유한 바 있다.

내가 삼성에버랜드 서비스아카데미에서 근무할 당시에 봤던 삼성에버랜드 전 허태학 사장은 청결한 에버랜드를 만들 자라고 외치기 전에 한 손에는 집게를, 다른 한 손에는 작은 비닐봉투를 들고 다니면서 직접 쓰레기를 주웠다.

임직원에게 용모복장을 단정히 하라고 외치기 전에 자신이 먼저 솔선수범했고 사령식 때 임원들에게 머리빗을 사령장과 함께 주었다. '외부고객만족을 시켜라'라고 외치기 전에 내부고객인 직원을 위해 호텔수준의 쾌적한 1인 1일 기숙사를 국내 최초로 만들었다.

이처럼 CEO의 열정과 도전은 직원들의 가슴을 뜨겁게 만든다.
그리고 뜨거운 조직문화를 잉태한다. 삼성에버랜드를 떠난 지 거의 9년이 되어가는 지금까지도 내가 허태학 사장의 홈페이지를 방문하게 하는 이유가 바로 그 힘이 아닐까?
행동하는 사람처럼 생각하고, 생각하는 사람처럼 행동하는 그 힘…

성공 DNA를 카피하라!

"박원장은 삶에 있어서 가장 중요한 것이 무엇이라고 생각하나? 나는 사람이라고 생각하네. 사람이 재산인데… 박원장의 진정한 재산을 넓힐 수 있는 방법을 하나 추천하지……." 천성적으로 게으른 나를 성공할 수 있는 사람으로 체질 개선시켜 주시려 노력하시는 삼성석유화학 허태학 상담역의 최근 조언이다.

호텔신라에서 근무하다 1993년에 삼성에버랜드(당시 중앙개발)로 옮긴 후 당시 허태학 사장은 삼성에버랜드에 크고 작은 성공을 이루어냈다. 나는 같은 해에 삼성에버랜드 서비스아카데미 강사로 운 좋게 입사하면서 비교적 가까이서 그의 성공 습관을 벤치마킹할 수 있는 기회가 있었다. 서비스아카데미가 본사 지하에 위치하고 있었을 당시, 그는 수시로 불시방문을 해서 강사들에게 격려를 해 주었다.

내 책상 쪽으로도 어김없이 와서 격려를 하다가 문득, 내 책상 유리커버 밑에 있는 사진을 보았다. 내가 다른 강사 한 명과 함께 찍은 사진이었는데, 내가 사진이 잘 나와 책상 유리커버 밑에 꽂아 둔 것이다. 그의 시선이 내 사진에 고정이 되었던 이유는 다름 아닌 이기적인 나의 생각을 바로잡아 주기 위함이었다. "박영실 강사가 잘 나온 사진이네요. 나는 나와 함께 찍은 사람이 더 잘 나온 사진들을 사무실에 걸어놓지요. 사무실은 다른 사람과 함께 하는 공간이니까요." 이 말을 듣고 신선한 충격을 받았던 당시가 지금도 생생하다. 얼마 전에 서비스아카데미 강사들과 함께 한 자리에서 그 이야기를 허태학 사장에게 했더니, 다른 강사들도 그 사진이 기억이 난다며 그 때의 추억을 반찬 삼아 맛있는 저녁을 먹었다.

그렇다. 성공한 사람들에게는 공통 DNA가 있다. 그것은 바로 역지사지 DNA가 아닐까? 상대의 입장을 먼저 생각하는 힘! 그것이 바로 성공의 원천경쟁력임을 내 가슴으로 찐하게 느꼈던 최초의 순간이었다. 그 이후로 나는 허사장님의 성공DNA 카피하기 작전에 돌입했다.

- 세 줄짜리 메일이 오면 보내준 사람의 성의를 생각해서 여섯 줄짜리 답메일을 정성껏 즉각 보내기
- 직위고하를 막론하고 먼저 반갑게 인사하기
- 에버랜드를 다니다가 떨어진 휴지를 보면 다른 손님이 보시기 전에 달려

가 빨리 줍기

- • 향기 나는 사람이 되기 위해 독서 게을리 하지 않기
- • 1시간 강의를 하기 위해선 일주일 준비하고, 30분 강의를 하기 위해선 이주일 준비하기
- • 앵무새 강사가 아니라 마음을 울리는 강사가 되도록 노력하기
- • 아랫사람에게 좋은 정보 아끼지 않고 듬뿍 먼저 주기

등등이다.

2001년도 말부터 2002년 초까지 삼성에버랜드를 잠시 떠나 호텔신라 TF팀 및 서비스아카데미에서 파견 근무할 때가 있었다. 그가 삼성에버랜드와 호텔신라 겸임대표이사로 재직했는데 호텔신라에서 우연히 만날 때마다 환하게 웃어주며 "박 과장. 열심히 잘 하고 있다고 들었어요."라며 손을 흔들어 주시던 모습 덕분에 나는 그 격려의 힘으로 의욕을 더욱 굳건히 다지곤 했었다. 내가 삼성에버랜드를 퇴사한 이후에도 성공에너지를 넘치게 받았음은 당연하다. 생활과 일 속에서 지치고 힘들 때마다 그의 홈페이지에 들어가면 인간 허태학이라는 부분에 나의 삶, 나의 인생 부분이 있는데, 지친 나의 의지에 불꽃을 지펴주기에 읽고 또 읽었다. 내가 가장 좋아하는 부분은 다음과 같다.

희생, 헌신, 봉사. 얼마나 가치 있는 결정체의 언어들인가. 그리고 최선을 다하고 얻는 기쁨이야말로 얼마나 귀한 보람인가. 잔꾀를 부리지 말자. 상대방을 수단시하지 말자. 남을 목적시하고 하나라도 배울 수 있는 부분을 찾아내도록 애쓰자.

더불어 살아가는 형제자매들 아닌가. 가끔씩 피로할 때가 있다. 그런 때도 요란하지 않게 휴식을 취하도록 하자. 남도 나만큼 피곤해하며 살아가고 있기 때문이다. 유별나게 소리 나지 않도록 조심조심, 차근차근 채우고 익혀나가는 모습을 통하여 미소도 짓고 미래도 그리는, 그러한 모습으로 채워가자. 가정과 가족의 가치를 소중히 생각하자. 하루의 힘이 어디서부터 얻어지는가. 하루의 피로가 어디서 씻어지는가. 가정이고 가족이다. 가까이하면 할수록 더한 향기를 느낄 수 있고 소중히 생각하면 생각할수록 더 큰 가치를 갖게 해 주지 않는가.

역시 성공의 출발점에는 바로 가정과 가족이 있음을 새삼 느끼게 된다. 항상 철저하게 절제된 삶은 물론, 지난 16년여 동안 가정의 소중함을 강조하시는 외면과 실천하시는 내면이 꼭 같으시기에 고개가 절로 숙여지는 분이다. 가끔씩 메일로 아름다운 국내외 풍경들과 음악들을 보내주면서 행복을 나누어 주는 진정한 행복전도사! 나누는 행복이 크려면 나눌 수 있는 사람이 많아야 하는 법! 바로 삶의 재산이라고 할 수 있는 사람과 많이 만나고 소통하라!고 한 말은 내게 성공의 내비게이션이었다.

허태학 사장이 가장 존경하는 고 이병철 회장도 자식들을 행복한 인맥의 부자로 만들기 위해 노력한 일화가 지금까지 전해진다. 돌아가시기 한 달 전에도 자식의 인맥을 넓혀주기 위해 잭 웰치 회장에게 달려갔다는 것은, 자식에게 진정 물려줄 것은 돈도, 명예도 아니라 '사람'이었던 것이다.

사람들은 누구나 어제보다 나은 오늘, 오늘보다 나은 내일을 기대하며 살아간다. 좀 더 나은 미래에 대한 희망이 있기에 오늘의 수고를 마다하지 않는 것이다. 그런데 다가올 내일이 더 어둡고, 모레는 더 캄캄하다면? 아마 대부분의 사람이 살아갈 의미를 잃어버리고 말 것이다. 그렇다면 '좀 더 나은 내일'이란 무엇을 의미하는가? 궁극적으로 '행복'이다. 지금 우리가 뭔가 애쓰고 있는 대부분의 행위가 결국은 행복을 위한 것이다. 그런데 이 행복에 도달하기 위해서는 반드시 거쳐야 한다는 게 있다고 사람들은 말한다. 바로 '성공'이다.

나는 성공하고자 하는 사람들에게 어떻게 목표를 잡고, 어떤 마음가짐을 가져야 하며, 어떻게 행하고, 어떻게 유지할지 걸음마 단계부터 성공의 문턱에 이르기까지 먼저 성공한 많은 분들의 사례를 통해 조금 더 구체적으로 배우려고 하는 편이다.

　사람들이 말하는 성공은 드러나는 가치에 한정되는 경우가 많다. 그러나 나는 드러나는 것만으로는 성공을 설명할 수 없다고 생각한다. 즉, 권세나 명예, 부의 축적 따위로는 성공을 완성할 수 없다는 것이다. 왜냐하면 성공이라는 건 마음의 평화와 자기만족, 그리고 이룬 것에 대한 보람이 수반되어야 하기 때문이다. 겉으로만 화려하고 안으로는 황폐한 성공은 결코 인간에게 행복을 가져다 주지 못한다. 행복한 성공을 이루기 위해서는 반드시 내면과 외면이 동시에 만족할 수 있어야 한다고 본다.

　성공을 만드는 마술이라도 있나? 마술은 없지만 성공하도록 도와주는 성공의 내비게이션은 있다.
　그 내비게이션은 바로 훌륭한 스승, 바로 멘토일 것이다! 멘토의 성공DNA를 열심히 카피하라!

 ·· *행복한 사람처럼 생각하고 성공한 사람처럼 행동하라*

성공을 만드는 실패의 힘 7가지

떳떳하게 실패하라!

무지개는 비온 뒤에 뜬다

실패라는 용수철을 밟아야 반동의 힘을 얻는다

파테마타 마테마타(고통으로부터 배운다)

실패는 성공의 씨앗이다

어리석은 사람은 말로 행위를 변명한다

실패는 힘이 세다!

떳떳하게 실패하라!

운전 중에 전화가 왔다. 갓길에 잠깐 세워두고 번호를 보니 내가 존경하는 제니엘의 박인주 회장이었다. 이번에 제니엘이 2009년 유통·물류산업 채용박람회를 주최 주관하는데, 내게 특강을 의뢰하기 위해 전화를 한 것이다. "박원장님 요즘 많이 바쁘시겠지만"으로 시작해서 "원장님의 명강의를 들을 수 있는 기회를 주시면 고맙겠어요."는 내 마음을 확 사로잡는 말이었다. 이미 있었던 다른 스케줄을 조정하겠다는 생각을 하고 흔쾌히 수락했음은 당연하다. 이처럼 말 한마디도 상대를 배려하는 박인주 회장님도 실패의 교훈을 소중하게 생각하는 분이다. 잘 나가던 직장을 그만두고 제니엘을 설립했을 당시 수많은 실패로 시련도 많았지만, '실패는 성공의 어머니'라는 명언을 가슴에 담았다고 한다. 자신의 무모해 보이는 도전을 비하하는 사람들의 말들과 눈총을 견디는 일이 쉬운 것은 아니었으나, 그 시련과 실패가 있었기에 훗날 성공의 가치가 더욱 커보이더란다.

농구의 황제 마이클 조던도 자유투 100%를 성공하진 못한다. 홈런왕 베이브 루스는 851개의 홈런을 쳤지만 1,330번의 스트라이크 아웃을 기록하기도 했다. 전구를 발명한 에디슨도 수없이 많은 실패를 거듭했다. 물론, 그는 그 실패들을 한 번도 실패라고 생각하지 않았지만 말이다. 오히려 그는 그 실패들을 성공에 장애가 되는 것이 무엇인지를 밝혀내는 데 도움을 주는 성공으로 생각했다.

바로 이런 사고의 차이, 실패와 성공을 구분하는 잣대가 달랐다. 성공한 사람들은 실패조차도 성공으로 생각하는 힘! 그 성공한 실패를 우리는 사랑할 필요가 있다.

나뿐만 아니라 우리는 성공해야 한다는 부담감 때문에 끊임없이 스스로를 괴롭히는 생활에 종지부를 찍어야 한다. 인생 전반에 걸쳐 실패하는 습관을 들일 필요가 있다. 올백만을 받았던 학생보다는 70점도 받아봤던 학생이 느끼는 올백의 가치는 더 크지 않을까? 50평에만 살았던 아내보다는 지하 단칸방에서 살아봤던 아내가 느끼는 50평의 행복이 더 크지 않을까? 박인주 회장도 아내와 둘이 모은 돈을 가지고 사글세부터 시작했다고 한다. 부모님의 도움을 받지 않고 한 푼 두 푼 모아 점차 전세로, 살림을 늘려나가면서 가족과 이루는 성취감에 행복했다고 한다.

평상시 내게 가슴에 새길 말을 자주 해주는 C교수는 나를 만날 때마다, 실패를 모르는 성공인은 절대 본받지 말라고 한다. 그들은 아픔을 모르고 성공한 사람들의 공통적인 특징으로 실패를 두려워 하지 않고, 실패를 성공의 한 과정으로 받아들였다는 점을 꼽았다. 거듭되는 실패를 겪어야만 큰 성공을 거둘 수 있는 지혜를 얻을 수 있다고 강조하며, '실패를 극복하지 않고 성공한 예는 없다'고 강 조한다.

우선 실패를 하더라도 좌절하지 말고, 실패의 원인과 유형을 분 석하여 같은 실수를 반복하지 않는 것! 이렇게 성공한 사람들을 우 리는 '진짜 성공인'이라 부른다. 이제부터는 우리도 떳떳하게 실패 하자.

무지개는 비 온 뒤에 뜬다

사회적으로 성공한 K선배와 통화를 하면 내내 불안하다. 너무 바쁘다 보니 나와의 통화에 집중을 못하고 동시에 다른 일을 두서너 가지는 하는 것 같다. 운전하면서 비서의 보고를 들으면서 내 질문에 건성으로 "응 지금 듣고 있어…. 계속 얘기해 봐." 하지만 586 컴퓨터보다 정확한 것이 바로 사람의 37.5도 감퓨터가 아니던가? 나는 이내 별로 계속 얘기하고 싶지 않아진다. 어쩌다 식사라도 함께 하다 보면 K선배의 깊은 한숨에 상에 반찬으로 놓인 김이 날아갈 정도다. 미간에 깊게 파인 내천자(川)가 보톡스로도 역부족인 듯 선명하게 자릴 잡고, 나온 반찬마다 트집이다. 함께 먹는 내내 밥맛이 좋을 리 없다. 함께 하는 시간이 길게만 느껴진다.

반면, 사업을 하다 실패한 H선배는 사회적 시선으로 보면 낙오자다. 처음에 만나자고 연락이 왔을 때 난, 어떻게 위로를 해야 하나 고민스러웠다. 그러나 쓸데없는 짓이었다. 함께 밥을 먹으면서 반찬으로 나온 생선 하나로도 우리는 웃기 시작했다. 생선이 양심

없이 너무 못생겼다는 H선배의 말을 시작으로…. 많이 힘들었지만 덕분에 가족의 소중함, 작은 것의 소중함을 느꼈다는 H선배는 가장 좋아하는 단어가 "아름다운 실패"라고 했다.

그 날 저녁 길지 않은 40여 년의 내 인생을 돌아보며 작은 실패들을 생각했다. 자신감이 있었던 CS컨설팅 입찰에서 뜻밖으로 미끄러졌던 그 때, 실력이 모자라 떨어졌나보다 생각했는데 알고 보니, 미리 내정된 업체가 있었고 우리는 들러리였다. 한 달 동안 조사해서 제안한 우리의 아이디어만 쏙 빼서 그 기업의 캠페인으로 하는 모습을 보면서 기막혀 했었다.

또 언젠가는 땅끝 해남에서 젖은 머리와 옷으로 강의를 한 적이 있었다. 실패라면 실패였다. 준비를 부탁했던 빔프로젝트가 고장 난 것까지는 그러려니 했는데, 강의 시작 전에 화장실을 간 것이 문제였다. 손을 씻으려고 수도꼭지를 돌리는 순간 내 머리 위쪽에 있던 샤워기에서 물이 쏴아~하고 내리붓더니 나를 시원하게 씻어 내려갔다. 그 순간 강의장에서는 성격 급한 교육담당자가 강사소개를 시작하고 있고…. 마이크 상태는 찌지직…. 찌지직… 내 이름을 '박영심'으로 소개하는 것도 그 때는 전혀 문제가 아니었다. 내 몰골이 문제였지…. 거울 속의 '물에 젖은 이상한 여자'를 확인하자마자 다행히(?) 걸려있던 걸레로 머리와 얼굴을 빛의 속도로 닦고, 손으로 옷의 물기를 툭툭 털고 들어섰다. 강의 장에 들어서자마자 여기저기 웅성웅성…. 첫인사를 아마 이렇게 했던 것 같다. "여러분~ 안녕하십니까? 방금 소개받은 박영심입니다. 이름을 쓸 때는 박영실이라고도 하고요." 어쨌든 무사히 시작을 해서인지 긴장이 조금씩 풀리면서 파워포인트로 강의했을 때는 미처 느끼지 못했던 교육생과 그야말로 호흡을 하면서 살아있는 강의를 했다는 느낌을 받았다. 강의를 마칠 무렵 "여러분은 참 운이 좋으십니다. 저의 이런 모습을 쉽게 보시기 어렵거든요." 아니나 다를까 교육생이 나의 몰골에 대해 물었고 자초지종을 얘기했다. 그제야 여기저기서 "그래서 그랬구나." "화장실 샤워기 어떻게 좀 해야 된당께"에서부터 "나도 아까 조금 젖었당께"까지 이런저런 이야기가 나왔다. 그 날 나는 느꼈다. 파워포인트를 사용하지 않는 강의가 어찌 보면 더 신날 수 있음을, 살아있는 강의는 도구가 아니라 강사와 교육생이 만들어 나간다는 것을, 걸레도 수건으로 쓸 만하다는 것을, 교육생이 생각보다 이해심이 많다는 것을…. 그리고 큰일도 겪고 나면 작은 일이 될 수 있다는 것을…. 실패라고 생각한 것이 뒤돌아보면 또 다른 성공의 시작인 것을….

무지개는 비 온 뒤에 뜬다는 것을.

실패라는 용수철을 밟아야 반동의 힘을 얻는다

"이모! 나 잠깐 울어도 될까?" 밴쿠버올림픽에서 우승 확정을 지은 멋진 연기를 한 김연아 선수가 눈물을 흘리는 모습을 보면서 대학생 조카가 유머러스하게 내게 건넨 말이다. "나도 나도……. 같이 울자" 내 대답이다. 나도 조카도 김연아를 참 좋아한다. 그녀의 미소에 행복해 하고 그녀의 눈물 한 방울에 가슴을 쓸어내린다.

최고의 피겨스케이터라서? 물론 그것도 이유가 되겠지만, 어려움을 극복하는 힘이 센 선수여서다. 사실 조카 효지를 닮아서 좋아하는 것도 있긴 하지만….

어릴 때부터 타고난 재능을 보였던 김연아 선수. 그런 그녀에게도 시련과 갈등은 있었다. 빙상 스포츠에 대한 지원의 미비와 김연아 본인의 잦은 허리 부상, 고질적인 스케이트 문제 등은 경기 때마다 그녀를 괴롭혀 왔다. 그런 여러 문제들은 김연아를 은퇴까지 고려하게 만든 고비가 되기도 했다. 만약 김연아가 수많은 좌절과 시련을 일찌감치 접었다면 과연 어떻게 되었을까? 아마도 그녀의 의

지와 열정이 없었다면 오늘날의 피겨 여왕 김연아는 없었을 것이다.

얼마 전 나는 야심차게 준비한 도전에 쓴맛을 봤다. 기분이 무척 상했다. 하지만, 그 프로젝트를 준비하면서 직원들과 나름대로 우리 회사의 문제점과 보완할 점을 살펴보는 기회가 되었기에 수업료를 낸 셈 쳤다. 얼마 지나지 않아 유사하지만 예산규모가 더 큰 프로젝트에 입찰할 기회가 왔고, 우리는 그때 의논하고 준비했던 자료를 토대로 입찰을 보기 좋게 따냈다. 한 번의 실패가 있었기에 우리는 더 큰 성공을 이룰 수 있었다고 생각한다.

자벌레가 전진하려면 몸을 뒤로 젖히듯이 발전을 위해서는 실패라는 용수철을 밟아야 반동의 힘을 얻는다. 나팔꽃은 이른 아침 먼동이 틀 때 햇살을 받고 핀다고 알고 있다. 그래서 한밤중에 아침햇살 같은 인공 먼동을 꽃잎을 접고 있는 나팔꽃에 비쳤지만 꽃은 피지 않았다. 곧 나팔꽃을 피우게 하는 것은 햇빛이 아니라 어둠인 것이다. 어느 만큼의 어둠을 쪼여야만이 나팔꽃은 핀다. 인생이 피려면 어느 만큼의 실패가 있어야 함을 알리기라도 하듯이…

단돈 200원으로 시작해서 지금의 '놀부'를 만든 김순진 회장이 모임에서 했던 말이 기억난다. "저도 어려운 순간이 많았고, 실패도 많이 했지만, 그 어느 순간에도 제 꿈을 포기하지 않았습니다. 실패를 통해 제 꿈을 이루기 위해 아주 작은 일에도 최선을 다했더니 어느 날 성공이 가까워지더군요."

남이 않던 짓을 해야만이 남을 앞서간다. 한데 남이 않던 짓을 하면 실패할 확률이 높다. 그래서 실패가 장려되어야 한다. 우리 사회는 성공사례만을 좇는데 미국에서는 실패 사례를 중요시하고 그것만을 추적한다. 경영의 귀재라는 미국의 아이어코카가 뜬 것은 바로 미국의 개성 있는 기업들의 실패 사례를 가장 많이 수집해 알고 있기 때문이라고 자신이 말한 바 있다.

옛날 매사냥하던 시절 여느 매보다 그 값이 세 곱에서 열 곱까지 비싼 낙상(落傷)매가 있었다. 사나워 사냥하는 데 그만한 위력을 부리기 때문이다. 알에서 부화한 매의 새끼들에게 먹이를 줄 때 어미 매는 일부러 높은 곳에서 떨어뜨려 새끼들로 하여금 경쟁을 시키고, 떨어져 낙상을 입도록 유도를 한다.

그렇게 낙상을 한 매일수록 상처라는 마이너스를 보완하고자 매서워진다는 것이다. 기업에 있어 실패는 발전의 기틀임을 웅변해주는 낙상매가 아닐 수 없다.

파테마타 마테마타
(고통으로부터 배운다)

며칠 동안 고민이었다. 전송했던 메일을 취소할 수 있는 방법이 있다면 무엇이든 하고 싶었다. 듬성듬성한 필자의 성격에 꼼꼼하게 박음질이라도 하고 싶은 심정으로….

필자가 가장 좋아하는 모임에 조금이나마 이바지를 하고 싶다는 순수함으로 만들었다. 필자의 멘티의 도움을 받아 아름다운 멜로디가 담긴 UCC를. 모임에서 식사하면서 이야기 나누면서 틈틈이 찍은 사진을 바탕으로 나름 정성껏 만들었다. 뿌듯한 마음으로 개별적으로 모두 전송을 한 후. 차 한 잔 마시면서 여유 있게 보낸 UCC를 다시 보았는데 아뿔싸! 배경음악이 이러면 안 되는 거였다. 제목이 다름 아닌 'Use Somebody' 로 '나는 사람들을 이용할 수 있어' 다.

하지만 고맙게도 그 누구에게도 이 노래로 태클을 받지 않았다. 이 노래를 오히려 긍정적인 쪽으로 해석하고 이해했을 분들이었기에 어쩌면 필자가 지나치게 민감했을는지도 모르겠다. 하지만, 필자의 마음은 며칠 동안 먹구름이었다. 그 이후로 버릇이 생겼다. 누군가에게 메일을 보낼 때는 한 번 더, 또 한 번 더 확인하고 보내는 버릇이. 괜찮은 버릇이다.

평상시 존경하는 O상무에게 위의 실수를 말했더니. '파테마타 마테마타'라고 한다.

고대 그리스의 격언이란다. '파테마타 마테마타(pathemata mathemata, 고통으로부터 배운다.)'라는 뜻이라는데 위안이 되었다. 그러면서 O상무가 덧붙여 내게 이야기 한다. "하지만 실수와 실패는 한 번일 때는 멋있지만, 두 번일 때는 결코 아름답지 못하지요."라고. 맞는 말이다. 처음 하는 김치전을 잡지책 두께로 만들었을 때 남편이 내게 웃어줄 수 있었던 것은, 두 번 다시 그러지 않을 거라는 믿음 내지는 희망 때문이었을 것이다. 적어도 필자가 실수를 통해 배울 줄 아는 사람이라고 생각해 주는 남편이니까. 그렇게 생각해 주는 것이 참 다행스럽다.

콜럼버스는 인도로 가는 더 빠른 길을 찾다가 아메리카를 발견하였다! 얇은 유리판 사이에 플라스틱을 끼워 넣은 래미네이트 유리도 우연히 만들어졌다. 실수로 탄생한 이 유리는 여간해서는 바스라지지 않는 성질 덕에 지금까지 수많은 생명을 구해냈다. 뿐만 아니라 오토바이를 만들던 혼다가 세계적인 수준의 자동차를 만들고,

오케스트라를 지휘하는 로봇 아시모를 만들어냈다. 또 이제 심지어 비행기까지 개발하고 있다. 다른 기업이 상상하기조차 어려운 혼다의 놀라운 변신과 창조력은 바로 실패를 인정하는 기업문화 때문이다. 오죽하면 혼다에서는 매년 가장 큰 실패를 한 연구원을 뽑아서 실패왕으로 삼고, 100만 엔의 상금을 준다.

어떻게 보면, 실패란, 시도해 본 사람만이 경험할 수 있는 일종의 특권이다. 아무것도 시도해 보지 않은 사람에게는 실패도 성공도 없으므로. 다만 그것을 시도해 보지 않은 것에 대한 후회만이 있을 뿐이다. 하지만 일단 실패를 경험한 사람은 또 다른 시도 역시 두려워하지 않기에 그것이야말로 성공을 위한 지름길이 아닐까 싶다.

IBM을 설립한 토마스제이왓슨은 "성공하는 비결은 실패율을 두 배로 높이는 것이다."라고 말하지 않았던가. 실수와 실패와 우연에도 이처럼 나름의 효과가 있는 법이다.

실수는 진정한 실수가 아니며, 실패도 영원한 실패는 아니다. 정도껏 실수를 저지르자. 배우는 과정의 한 부분으로 실수를 기꺼이 환영하자. 정말 부끄러운 것은 한 번도 실패해 보지 않는 것이며, 아무 시도도 하지 않는 것이다.

하지만, 가능하다면 책을 통해서, 인생의 멘토들을 통해서 그들의 실패를 간접적으로 많이 경험하는 것이 좋다고 O상무는 내게 말한다. 그러면서 인간관계에서 자신의 실패율을 낮추게 해주었다는 그만의 보물을 보여주었다. 코팅까지 해서 지갑에 항시 넣어 갖고 다닌다는 그 종이에는 이렇게 쓰여 있다.

당신이 올라갈 때 사람들에게 잘 대하세요.
왜냐면 내려 올 때도 그들을 다시 만날 것이므로
- Wilson Mizner -

실패는 성공의 씨앗

　"다빈치의 스케치, 피카소의 습작, 슈베르트의 미완성 교향곡의 공통점이 뭔지 아세요?" 제조업의 P전무의 질문에 다들 갸우뚱했다. "이 작품들의 공통점은 바로 엄밀한 관점에서 보면 완성에 이르지 못한 실패작이라는 겁니다." 몰랐던 사실이다. 그날 저녁 P전무가 해준 실패에 대한 이야기가 필자의 잠자던 창의력을 깨워주었다. 좋은 이야기라면서 수첩에 P전무의 이야기를 적는 사람부터 메일로 관련 자료를 부탁하는 CEO가 많았다. 그만큼 많은 사람들이 실패를 많이 한다는 의미가 아닐까?

　보통 사람들은, 실패를 두려워한다. 어쩌면 그래서 우리는 성공만을 보려고 하는 것 같다. 하지만 진짜 성공했는지 알고 싶다면, 역설적으로 얼마나 실패했는지를 곱씹어 보아야 한다. 맞는 말이다. 실패를 완벽하게 피해가는 성공이란 존재하지 않기 때문. 즉 실패는 성공의 반대말이 아니라 성공의 씨앗이라는 P전무의 말에 고개가 끄덕여졌다.

　1940년대 초 두 사람이 8,848m의 에베레스트 산 정상에 도전했다. 결과는 실패였다. 도중에 산을 내려오면서 두 사람 가운데 한 청년이 이렇게 말했다.

　"에베레스트, 너는 자라지 못한다. 그러나 나는 자랄 것이다! 그리고 반드시 돌아올 것이다."

　이 청년은 10년 후에 다시 에베레스트 산으로 돌아왔다. 그리고 1953년 5월 29일 마침내 등반에 성공했다. 이 사람이 바로 최초로 에베레스트 산을 정복한 에드먼드 힐러리이다.

　이처럼 실패야말로 성공의 씨앗이다. 정말 성공하고 싶다면 실패를 곱씹고, 실패를 패배시켜야 한다.

　사람들은 대부분 성공만을 추구한다. 그리고 실패했다고 생각되는 순간에는 좌절하는 경향이 있다. 필자도 물론 그렇다. 그러나 우리에게 정말 기쁨과 성취감을 주는 순간은 실패에서 성공으로 변화해가는 그 과정의 순간이다. 아이가 걸음마를 배우기 시작할 때 비록 한 발짝 걷고 넘어지고 두 발짝 걷고 넘어지더라도 오뚝이처럼 일어서서 어제보다 몇 발짝 더 걸은 것에 기쁨의 환호성을 지르듯이.

　소풍을 가는 날보다 소풍을 가는 전날의 설렘이 더 진하듯이. 누군가에게 줄 선물을 고를 때가 가장 행복하듯이. 상상한 언덕 위의 집이 더 아름답듯이.

그리고 실패 없이 성공만을 경험했을 경우에는 그 기쁨이 그다지 강렬하지 않다. 하지만 실패를 겪은 후에 얻는 성공은 우리에게 그 무엇과도 견줄 수 없는 기쁨을 안겨준다. 원하는 것은 무엇이든 살 수 있었던 부잣집 딸이었던 친구의 부츠는 별 것 아니지만, 부모님에게 며칠을 조르고 졸라서 겨우 살 수 있었던 나의 어렸을 적 빨간 부츠는 '특별한 선물'이자 '행복한 사건'으로 영원히 기억되는 것처럼. 그런데 사실, 내가 신고 싶었던 것은 무릎까지 오는 빨간 부츠였는데, 나의 어머니는 복사뼈 조금 위까지 오는 반부츠를 사오셨다. 그 당시에 살짝 실망했었다. '엄마는 내가 뭘 신고 싶어 하는지 제대로 알지도 못하고!' 하면서 하루 정도 투정한 후에 신나게 신고 다녔던 기억이 난다. 그러나 지금 생각해보니 긴 부츠가 짧은 반부츠가 된 것은 바로 언니의 책값 때문이었다. 언니 책값으로 내 부츠의 반이 날아갔던 것이다.

결국, 실패란 것은 보다 강렬한 기쁨과 만족을 오랫동안 느끼기 위한 그 무엇인가 보다.

지금도 빨간 부츠를 보면 돌아가신 어머니가 사무치게 보고 싶다.

어리석은 사람은 말로 행위를 변명한다

몇 년째 나의 직강으로 진행되는 개별 스페셜과정을 듣는 교육생이 있다. 보통 그 과정은 개별 교육생이 원하는 커리큘럼으로만 맞춤 구성되는 과정으로, 교육생과 강사 일대일로 진행된다. 그렇기 때문에 교육생의 성향과 교육 참여 태도가 교육의 방향을 좌우하기도 한다. 물론, 프로강사라면 어떤 환경에서도 우수한 교육의 질을 보장해야 하지만, 사실 이론처럼 쉽지 않다. 그런데 스페셜과정을 함께 했던 수많은 교육생 중에서도 가장 기억에 남는 교육생이 있다. '제주도 서비스의 희망'이 되고 싶다는 장 빈 원장이다. 작년의 마지막 날인 12월 31일. 그 날이 아마 작년 중 가장 추웠던 날이었던 걸로 기억한다. 찬바람을 뚫고 교육장에 온 장 빈 원장은 그날도 예외 없이 밝은 미소로 다가왔다. 그녀에게는 참 이상한 기술이 있다. 긴 교육시간 내내 강의를 하면서 지치기 쉬운 강사를 지치지 않게 하는 기술! 그리고 강의를 하면서 기분 좋은 설렘을 갖게 하는 호기심에 찬 눈빛과 활발한 고개 끄덕임. 신나는 추임새 등이다. 때문에 필자는 그 날도 더 많은 정보를 알려주고 싶어 안달이 났던 기억이 생생하다. 강의에 참여하기 전에도 그랬지만 강의 후에도 어김없이 필자에게 아름다운 감사의 편지를 보내주는 세심한 그녀에게 나는 가르친 것보다 더 큰 것을 배웠다.

반면, 3년 전,필자의 사무실에 방문했던 Q강사는 참 난감한 사람으로 기억한다. 얼마 전에도 그녀에게서 전화가 왔다. 그녀의 스페셜교육 의뢰는 아직도 필자의 가슴을 쿵쾅거리게 한다. 설렘이 아니라 걱정스러움이라고나 할까! 교육생이 원하는 일정을 최대한 고려해서 진행되는 과정인 만큼, 3년 전 처음으로 인연을 맺었을 때에도 Q강사가 원하는 날짜를 맞추느라 애를 먹었다. 그날은 다름 아닌 필자의 집안에 중요한 행사가 있는 날이었지만, 집안의 양해를 구했다. 그런데 웬일! 교육당일 갑자기 교육을 취소했다. 그런데 안타까운 것은 3년 동안 여섯 번 정도가 그런 식이었다는 것이다.

교육당일 갑자기 배가 아파서, 느닷없는 약속이 생겨서, 교육날짜를 착각해서, 비가 너무 많이 와서 등등. 이해되지 않는 이유를 대면서 말이다. 차라리 커리큘럼 등이 마음에 들지 않았던 것이었다면, 필자가 보완하고 수정이라도 할 텐데…. 절대 그런 것은 아니고, 스페셜과정을 꼭 듣고 싶다는 그녀의 말! 그리고 모순되는 태도에 필자는 참 많은 시간을 고민했다.

그녀에게는 별 것 아닐 수 있지만, 필자는 그 교육을 위해서 소

중한 그 무엇들을 포기했었다. 자신의 시간이 중요하면 상대의 시간
도 중요하다. 타인에게 '친절과 배려'를 가르치는 서비스 강사 자신
이 이렇듯 상대의 시간의 소중함을 모른다면, 안타까운 일이다.

인간적으로는 마음이 가는 그녀이지만, 그녀의 소통기술은 너무
자주 실수를 했고, 필자는 지쳤다.

하인리히 법칙이라는 것이 있다. 1920년대 미국의 한 보험회사
의 직원이던 허버트 하인리히(Herbert W. Heinrich)는 수많은 통
계를 다루던 중 그 통계 속에 하나의 법칙이 있다는 사실을 발견했
다. 약 5천 건에 달하는 노동재해를 통계분석 하면서 그는, '대형사
고 한 건이 발생하기 이전에 이와 관련 있는 소형사고가 29회 발생
하고, 소형사고 이전에는 같은 원인에서 비롯된 사소한 징후들이
300회 나타난다.'는 사실을 알아낸 것이다. 이 1 대 29 대 300 법
칙이 바로 '하인리히 법칙'이다.

이 하인리히법칙으로 본다면, Q강사는 다른 사람들과의 인간관
계에서도 내게 한 것처럼 배려 없는 징후들을 많이 보였을 것이다.
그 징후들이 결국엔 그녀의 성공에 큰 걸림돌이 될 것이다. 이번에
교육을 함께 진행하게 된다면, 그녀에게 가장 큰 선물을 주려 한다.
그녀의 앞으로의 성공에 큰 걸림돌이 될 바로 그 '무심코 자신의 인
격을 깎아버리는 그녀의 실수'를 스스로 깨우치게 해주리라 생각해

본다. 그리고 그녀의 마음에 이런 울림을 주고 싶다.

지혜로운 사람은 행동으로 말을 증명하고,
어리석은 사람은 말로 행위를 변명한다.
– 유태경전 –

그러나 한편 이상하게 부럽기도 하다. 수많은 약속불이행에도 불구하고 아무 일 없었다는 듯이 또 교육을 의뢰하는 그녀의 그 해맑음이……

실패는 힘이 세다!

우리는 우리와 동의하는 사람들에게서부터 위안을 발견하나
동의하지 않는 사람들 사이에서 성장을 발견한다.
- Frank A. Clarke -

친한 친구가 필자에게 보내준 메일에 포함된 글이다. 그 친구와 필자는 소위 '코드'가 맞지 않는다. 좋아하는 음식부터 영화장르, 책, 취미가 다를 뿐 아니라 성격도 완전 딴판이다.

지금까지도… 그럼에도 불구하고 친한 친구라고 서로가 자신 있게 말할 수 있게 된 것은 '다름'을 인정하면서부터였다. 직설적인 성격의 그녀에게 상처도 때로는 많이 받았기에 처음에는 그런 그녀가 싫었다. 그런데 그녀의 말이 틀리지만은 않음을 인정하게 되면서, 그녀의 말이 자극이 되었다. 그리고 그 자극이 점차 필자를 더 긍정적으로 변화시키고 있었다. 그녀도 마찬가지였단다. 우연한 기회에 서로의 마음을 열면서 우리는 서로를 성장시키는 존재로 인정키로 했다.

우리는 흔히 자신에게 동의하는 사람들만을 곁에 두려고 한다. 왜냐하면 그렇지 않은 사람과 함께 하면 자신도 미처 몰랐던 자신의 부족한 점이나 숨기고 싶은 것이 드러나는 것 같아 두렵고 싫기 때문이다. 한마디로 코드가 맞지 않는 사람과 함께 하면 부딪히게 되는 것을 반가워하지 않는다는 것이다. 하지만 현명한 관리자는 자신과 전혀 다른 의견을 갖고 있는 직원들을 가까이 두고 경청한다. 그리고 자신의 주장이 잘못되었다면, 즉시 실패를 인정하고 바로잡는 데 사력을 다한다. 실패로 인해 더욱 굳건해지는 운동선수들도 있다. 그리고 소비자의 관심 끌기에 실패해 보았기에 더 큰 사랑을 받을 수 있는 상품들도 있다. 이처럼 실패는 힘이 세다.

중학교 3학년 때 국가대표가 되어 2004년 아테네 올림픽 최연소 선수로 참가했다. 그런데 그는 남자 자유형 400m 예선에서 채 겨뤄 보지도 못하고 실격당했다. 심판의 '준비'라는 구령을 '출발'로 착각해 물속으로 뛰어들었기 때문이다. 분에 못 이겨 화장실에서 펑펑 울었고, 이를 계기로 꾸준히 스타트 연습을 했고, 마침내 4년 후 베이징 올림픽 남자 자유형 400m 결승에서 금메달을 목에 걸었다. 바로 마린보이 '박태환 선수' 다.

처음에는 비싼 껌이라는 인식만 주고 소비자에게 어필하지 못했다. 그러나 마케팅실과 연구소에서는 이 제품의 우수성을 잘 알고 있었기 때문에 포기하지 않고 2년 동안 포장과 제품 형태 설계에서 마케팅 전략 수립, 소비자 조사까지 모든 것을 새롭게 진행했다. 그리고 우선 이 껌의 효능을 누구보다 잘 알고 있는 치과에 이 제품을 납품해 효능의 객관성을 높이고 매체를 통해 소비자에게 알리기 시작했다. 결국, 대박이 났다. 바로 롯데제과의 '자일리톨 껌'이다.

그러고 보면, '성공에는 비밀들이 없다. 그것은 준비, 열심히 일함, 그리고 실패로부터 배운 것의 결과이다(Colin Powell).'라는 말을 모임 때마다 강조하는 J과장은 참 똑똑하다. 그 심오한 것을 벌써 알고 있으니….

웃음을 만드는 화목의 힘 7가지

가정은 큰 사람이 작아지고, 작은 사람이 커지는 곳이다

남편의 재치와 아내의 인내는 집안의 안전한 기초이다

남편들은 날씨 때문이라도 쉴 수 있지만, 아내들의 일은 끝이 없다

결혼은 쉽고 가정은 어렵다

아내의 덕행은 친절히 보고 잘못은 못 본 척 하라

처자식을 사랑하지 않는 자는 집에 암사자를 기른다

가정을 훌륭하게 이루는 사람은 국가의 일에도 가치 있는 인물이다

가정은 큰 사람이 작아지고, 작은 사람이 커지는 곳이다

어느 한 부부가 부부싸움을 했다. 화가 난 남편은 아내에게 소리를 질렀다.

"당장 나가 버려!"

아내도 화가 나서 벌떡 일어섰다.

"흥, 나가라고 하면 못 나갈 줄 알아요?"

그런데 잠시 후 아내가 다시 자존심을 내려놓고 집으로 들어갔다. 아직도 화가 풀리지 않은 남편은 왜 다시 들어오느냐고 소리를 지른다.

"나에게 가장 소중한 것을 두고 갔어요!"

"그게 뭔데?"

"그건 바로 당신이에요!"

남편은 그만 피식 웃고 말았다. 그 날 이후 남편은 부부싸움을 하다가도 이런 말을 하며 화를 풀고 만다.

"부부 싸움을 하면 뭐해! 이혼을 하려 해도 당신이 위자료로 나를 청구할 텐데…."

평소 이혼을 심각하게 고민하고 있던 부하 직원에게 T사장이 해준 이야기란다. 아내의 현명함이 물씬 풍기는 이야기다. 소리 지를 줄만 알았지 아내만도 못한 속 좁은 남편과 자존심을 내려놓을 줄 알았던 현명한 아내라고 나는 이름붙이고 싶다.

부부싸움 무조건 안 하는 게 상책은 아니다. 오랜만에 친구들과 부부싸움에 대해 이야기를 나눈 적이 있었다.

학창시절부터 배려심 있고 소심했던 편인 A는 부부싸움을 하지 않은 '덕분에' 현재 남편만 보면 괜히 화가 나고 가슴 한편이 답답하다고 토로한다.

"우리 부부는 결혼한 지 10년째 됐지만 부부싸움을 한 적이 거의 없어. 연애도 오래 했는데, 너희도 알다시피 그때도 별로 싸우지 않았잖아. 결혼생활하면서 아이문제, 가사분담 문제 때문에 크고 작게 마음에 쌓이는 것이 있었지만, 남편이 어릴 적 시부모님이 자주 싸우신 게 보기 안 좋았다면서 아예 싸우려 들지 않더라고. 그래서 나도 그냥 '내가 참고 말지' 하면서 넘어가 버렸고."

이처럼 부부싸움을 적극적으로 하지 못해 문제가 쌓이는 경우는 또 있다. 학창시절 솔직하고 거침없던 B는 "아이에게 무관심한 남

편에게 화를 냈는데, 남편이 잠깐 다투다가 큰소리 나는 것이 싫다
면서 어영부영 넘어가더라고. 다음 날 감정이 남아 있는 내 마음을
헤아리지 못하고서 무슨 일이 있었냐는 듯 '밥 달라'고 말을 거는
남편 때문에 기분이 어찌나 상하던지"라고 말했다. 차라리 제대로
싸워 마음의 앙금을 툴툴 털어버리고 싶은 마음이 굴뚝같다고.

그 때 학창시절부터 지혜로웠던 C는 문제가 생기면 그때그때 싸
워 갈등이 생기지 않도록 노력한다고 말한다. C는 "불만이 있을 때
바로 싸워야 싸움이 깊어지지 않는 것 같아. 이 때문에 싸우더라도
옛날 있었던 케케묵은 문제까지 들추어내지 않게 되더라고"하면서
"문제를 해결하기 위해 싸우는 것이기 때문에 감정싸움이 되지 않
도록 서로 집안 험담이나 상대방의 약점 공격을 일체 하지 않는다."
고 말했다.

그러면서 이어 말하기를 "명절 때 시어머님께서 남편이 도와주
지 못하게 하는 것 때문에 감정이 상한 일이 있었어. 그때 일방적으
로 시어머니 험담을 하지 않고 '우리 엄마도 그렇고 나이 드신 분
들 생각이 다 그렇기 마련이지만, 날 위해서 조금만 신경 써 달라'
고 말해 남편이 흔쾌히 동의했어." 라고 자신의 경험을 솔직하게
말한단다.

이처럼 문제없어 보이는 부부보다 싸우며 갈등을 해소해 나가는

부부가 금슬이 좋다.

　나도 결혼생활의 ‘약’ 이 되는 부부싸움을 슬기롭게 해결해 봐야
지 하고 언젠가부터 다짐했었다. 마침 기회가 왔다. 그런데 내가 써
보기도 전에 남편이 선수를 친다. "103년만의 폭설이라네." 서로
마음이 상한 일로 하루 종일 눈도 한 번 마주치지 않았는데, 말을
건다. 손발이 살짝 오그라든다. 남편이 이런 적이 거의 처음이라서.
　하지만 화해의 손길을 멋지게 잡아주는 것도 멋진 일! "그래~
요?"라고 무심한 듯 받아줬다. 이럴 때 나는 끝의 ‘요’ 는 들릴 듯
말 듯한 작은 음성으로 대충 처리하는 버릇이 있다. 싸웠는데 꼬박
꼬박 존댓말 하는 것이 자존심 상해서 하는 나만의 소극적인 복수
라고나 할까!
　그 날 저녁 남편과 나는, 온통 하얀 눈으로 뒤덮인 한강공원에서
생전 처음으로 ‘러브스토리’ 의 한 장면을 연출했다. 나의 컴퓨터 배
경화면이 된 ‘눈 위에 드러누운 사진’ 을 볼 때마다 웃는다. 그 날
남편과 나의 화해의 기술이 나름 슬기로웠다고 기특해 하면서.

남편의 재치와 아내의 인내는 집안의 안전한 기초이다

드라이브를 즐기던 부부가 사소한 일로 말다툼을 벌였다.

서로 말도 많고 썰렁하게 집으로 돌아오는데 문득 차창 밖으로 개 한마리가 얼쩡거리는 게 눈에 띄었다.

남편이 아내에게 빈정대며 말했다.

"당신 친척이잖아. 반가울 텐데 인사나 하시지?"

남편의 말이 떨어지기가 무섭게 아내가 그 개에게 소리쳤다.

"안녕하셨어요! 시아버님~!"

이처럼 부부사이에 싸울 때는 어떻게 하면 상대를 더 화나게 할지 고민하면서 결국 말 때문에 막가는 경우가 생기기도 한다.

결혼한 지금 나의 롤 모델은 늘 한결 같은 시부모님이지만, 결혼 전의 내 롤 모델은 큰언니였다. 동생들 앞에서 큰형부 흉은 한 번도 본 적이 없다. 너무 자랑만 해서 문제였지…. 하긴, 큰형부가 처가나 처제들한테도 사랑을 많이 주긴 했으니 자랑할만 하긴 하다. 어쩌다 큰형부와 의견 차이가 있을 때도 어찌나 정갈하게 대화를 하

는지…. 좋아보였다. 물론, 동생 앞이라서 그랬는지도 모르겠지만
말이다.

　　7남매 중에 막내로 태어난 내게 큰언니는 엄마 같은 존재다. 내
가 대학입시를 앞두고 있을 때 돌아가신 엄마는 나를 46세에 낳으
셨다.

　　노산으로 힘드셨을 엄마를 대신해서 15살 차이가 나는 큰 언니
가 어린 나를 업어 키웠고, 언니가 사회진출을 한 후에는 빡빡한 월
급에도 불구하고 매일 저녁 내 머리맡에 놓인 돼지저금통에 먹이를
준 것도 큰언니였다. 바쁜 회사일로 녹초가 되어 들어와도 내가 떡
볶이가 먹고 싶다고 하면, 옷을 벗고 손을 씻자마자 석유곤로 위에
서 김이 모락모락 나는 큰언니표 떡볶이를 만들어 준 것도 큰언니
였다. 그런 큰언니와 결혼을 약속한 큰형부를 처음 만났을 때 나는
초등학교 2학년 즈음이었는데, 남청색 양복을 입은 깨끗한 피부의
영화배우처럼 생긴 큰형부에게 나름 잘 보이고 싶어서 눈을 크게
뜨려고 애썼던 철없던 내가 지금도 생생하다. 그런 언니에게서 내
가 배운 부부싸움의 기술은 세 가지다.

> 1. '**일단 참아래!**' (화내기 전에 왜 후회하지 않을지 먼저 생각해봐라)
>
> 2. '**이기려고 하지 말라**' (차라리 남편을 미안하게 하라^^)
>
> 3. '**삼가하자. 막장싸움**' (친정 욕을 듣고 싶으면 시댁 욕을 하라)

결국, 부부싸움도 태극 문양처럼 한 쪽에서 강하게 나오면 한 쪽은 꼬리를 내리고 다른 한 쪽이 열 받으면 다른 한 쪽은 잠잠하게 기다리면 된다는 큰언니의 말이 틀리지 않은 것 같다. 적어도 지금까지는.

달마 대사가 "마음, 마음, 마음이여, 참으로 알 수 없구나. 너그러울 때는 온 세상을 다 받아들이다가도 한 번 옹졸해지면 바늘 하나 꽂을 자리가 없으니."라고 한탄을 했던 것처럼, 마음을 다스리는 것은 달마 대사도 쉽지 않나 보다. 이것이 나 같은 속 좁은 이에게는 큰 위안이 된다.

남편들은 날씨 때문이라도 쉴 수 있지만, 아내들의 일은 끝이 없다

　남편이 무거운 생수꾸러미를 양손 가득 들고 가면서 빈손으로 가는 나를 보며 하는 말 "남편 복은 있어가지고!^^" 나도 가끔은 그렇게 생각한다. 친구 남편들처럼 아내가 빈손으로 가는 꼴을 못 보는 밉상이 아닌 것에 내심 뿌듯해 하며….

　내가 기분 좋을 때는 "맞아 맞아…. 내가 중학교 때 어떤 스님이 관상을 봐주셨는데 남편복은 타고 났대요…."라고 설레발까지 친다. 하지만 그것도 기분 좋을 때나 그렇지…. 부부관계가 늘 좋을 수만은 없기에 미울 때도 있고 꼬집어 주고 싶을 때도 있다.

　얼마 전 출판기념회에서 만난 G편집장이 전에 싸운 이야기를 한다.

　"싸울 땐 남편이 어찌나 미운지요. 저는 남편이 미울 때는 냉장고에서 날짜가 지난 요구르트를 팍팍 주거나 알람시계를 꺼서 지각하게 만드는 등 나만의 분풀이를 하고 나면 기분이 풀리더라고요. 그러면 먼저 화해하기가 쉬워지기도 하구요." 그 때 결혼한 지 얼마 안 되는 N과장이 자신은 말싸움을 하다가 화가 나면 던져도 깨지지 않는 물건을 집어던진다고 하니, 결혼 15년차인 M교수 왈 "나는 아무 말 없이 백화점으로 가서 남편 이름으로 마구 긁어버리는데…. 그게 남편을 화나게 하고 내 화를 시원하게 푸는 가장 화끈한 방법이죠. 할부요? 어림없고요…." 이 말에 같은 테이블에 있던 여성들은 대부분 웃으면서도 일부 공감을 표했다.

하지만, 미워하더라도 싸우더라도 슬기롭게 하는 기술이 필요하고, 부부관계가 좋아야 대인관계가 좋다고 유통업계의 대표 잉꼬부부인 C본부장은 말한다. "부부, 돌아누우면 남이 되고 한 번 더 돌아누우면 님이 된다."는 C본부장의 주장은, 결혼해서 30년 이상 사신 분들은 국가에서 국민훈장 줘야 한단다. 대단한 분들이므로…. 그리고 그는 주변에 싸우는 부부들에게 슬기롭게 싸우는 방법으로 돈 내고 싸우는 방법을 제안한다.

화의 정도에 따라 천원에서 만원까지 돈을 내는데, 돈을 담을 유리병까지 가는 동안 감정이 수그러진단다. 뿐만 아니라 유리병에 돈이 많아지면 내가 별 것 아닌 일로 이렇게 많이 화를 냈나 하는 생각도 들게 된다고 한다. 그때부터 조금씩 화를 줄일 수 있어 좋고 그 돈으로 맛있는 것을 사먹는 것보다는 자선단체에 기부를 한다면 부부 모두에게 아름다운 기억이 될 것이라고. 그 말을 듣고 난 생각한다. "괜찮다…. 참" C본부장이 유통업계에서 잉꼬부부로

소문난 데에는 땀과 노력이 배어 있다. C본부장의 안방에는 이런
액자가 있다고 한다.

'남편들은 날씨 때문이라도 쉴 수 있지만, 아내들의 일은 끝이 없다.'
　-서양 속담-

결혼은 쉽고 가정은 어렵다

　Y대학교 최고경영자과정에서 부부특강을 진행했을 때였다. "여러분 중에 지금까지 한 번도 싸움을 안 해 보신 분 계신가요?"라고 질문을 했다. 그 때 한 교육생이 자기는 평생 부부싸움을 해본 적이 없다고 했다.

　하도 신기해서 "도대체 어떻게 그럴 수가 있습니까?"라고 그 비결을 물으니 "남편과 아내 사이에 역할 분담을 분명히 하면 문제가 될 것이 없다."고 한다. 즉 자기 집에서는 큰일을 남편인 자기가 하고, 작은 일은 아내가 신경을 쓰기 때문에 싸울 일이 없다고…….

　그러면, 큰일은 무엇이고 작은 일은 무엇이냐고 물었더니, 예를 들어 자녀 결혼 문제, 집을 사고파는 문제 등등 자잘한(?)일들은 아내가 신경을 쓴단다. "그럼 남편분이 신경 쓰시는 큰일은 무엇인가요?"라고 물었더니, 예를 들어 준다. "인류평화의 문제 등이지요. 하하하" 이 말에 함께 했던 모두의 웃음이 터져 나왔지만, 한편으로는 씁쓸했다.

비단, 위의 우스갯소리가 아니더라도, 우리나라 부부간 '역할'에 대한 남편과 아내의 이해가 달라도 너무 다르다. 독일 속담에도 '결혼은 쉽고 가정은 어렵다'라는 말이 있는 것처럼.

최근 황혼이혼의 가장 큰 이유가 바로 이 같은 마음의 거리 때문이라고 한다.

남편은 아내와 본인은 지금까지 전혀 문제가 없었다고 생각한다. 아내가 불평을 하지 않으면 불평이 전혀 없다고 생각하기 때문에.

하지만, 아내 입장에서는 평생을 남편과는 아무런 대화 없이, 공감하는 느낌 없이 살았으니 창살 없는 지옥에서 산 것과 마찬가지라고 느끼며 남편과 자신의 사랑은 이미 끝났다고 판단하고, 자녀가 다 큰 다음에 헤어질 것을 다짐하며, 달력을 한 장씩 한 장 씩 떼어나가는 경우도 적지 않단다. 이혼하는 그 날을 고대하고 고대하며…….

이것이 바로 황혼이혼의 이유 중에 하나가 아닐까? 부부 갈등이 있어도 벙어리 냉가슴만 앓다가 말년에 터지는 벙어리부부도 문제지만, 부부간 무관심으로 따로따로 놀다가 말년에 터지는 따로국밥 부부도 문제다. 말년에 이런 참담한 결과를 피하려면 평상시에 우리 부부의 유형은 어떠한지 쉼표를 찍고 되돌아볼 필요가 있다.

내가 모 부녀회 모임에서 강의를 할 때, 교육생으로부터 들은 얘기를 보임에서 한 적이 있었다.

우스갯소리로 아내들 사이에서는 남편의 밥 먹는 횟수로 호칭 등급이 정해진다고 한다. 집에서 하루에 한 끼도 안 먹는 남편을 일컬어 '영식님'이라고 한단다. 하루 한 끼를 먹는 남편은 '일식씨' 두 끼를 먹는 남편은 '이식군' 그런데 세 끼를 전부 집에서 먹는 남편은 뭐라고 불렀는지 도무지 생각이 안 났다. 그 때 결혼 25년차로 우리 모임에서는 애처가로 소문난 C박사가 슬며시 손을 들며 말한다. "제가 하루 세 끼 집에서 먹는 그 유명한 '삼식놈'입니다." 그 소리를 듣고 그 자리에 모였던 사람들이 한동안 말을 못했다. 웃느라고.

얼마 전 저녁에 큰언니와 노래방을 갔다. 신나는 노래를 부르며 스트레스를 푸는 나와는 달리, 내 노래에 맞춰 몸을 흔들면서도 생각이 많아 보였다. 무슨 생각을 하냐고 물으니 이렇게 답한다.
"내일 아침에 무슨 국을 끓일까?"

이 땅의 모든 남편들이 아내들의 마음을 들여다 볼 수 있는 안경이 있다면 좋을 텐데 아쉽다.
우리 아내들은 '삼시 세끼 차리는 것이 힘든 것이 아니라, 그것을 당연하게 여기는 남편들의 상시 그런 태도가 힘든 것이라는 것을.

아내의 덕행은 친절히 보고 잘못은 못 본 척 하라

"다시 태어나도 지금의 남편과 결혼하고 싶은가?"라는 질문을 누군가에게 받았거나, 혹은 했거나, 그것도 아니면 혼자서 한 번쯤은 생각해 보았음직한 말이다.

얼마 전 점심식사를 함께 한 방송인 L씨도 내게 이 질문을 했었다. 그런데 그 때 내가 뭐라고 했는지 도무지 기억이 나질 않는다. 이 질문에 대한 나의 생각이 그때 그때 바뀌기 때문인지도……. 그런데 L씨의 답변은 고추장에 매운 청량고추를 찍어 먹은 것처럼 확실히 기억이 난다. 이렇게 대답했다. "당연하지… 근데 남편이 아니라 내 아들로 태어났으면 좋겠어!"라고….

다시 태어나도 지금의 반려자와 결혼하고 싶은 사람이 몇이나 될까? 잘 모르겠다. 하지만, 미국의 전 대통령 로널드 레이건과 낸시 레이건 여사라면 그 중의 한 쌍이 되지 않을까 싶다.

레이건이 아내를 감동시키고 마음을 사로잡은 것은 비싼 다이아몬드나 화려한 옷 공세가 아니었다. 단지 아내에게 편지와 카드 그리고 메모를 건넸을 뿐이었다. 바로 진심의 힘이었다.

그는 촬영일정 때문에 혹은 선거유세로 멀리 떨어져 있을 때는 물론이고 집에 있을 때나 집무실에 있으면서 심지어 대통령 전용기인 에어포스 원을 타고 가면서도 틈나는 대로 아내에게 글로 마음을 전했다고 한다. 덕분에 그는 아내로부터 전적인 신뢰와 협력을 이끌어낼 수 있었다.

부부금슬 좋은 J부장은 지갑에 늘 지니고 있는 것이 있는데, '아내의 덕행은 친절히 보고 잘못은 못 본 척 하라'고 적힌 종이다. 아내가 적어 준 것이냐고 농담 삼아 묻자, 브라이언트의 명언이라고 멋쩍게 대답한다. 이 세상 남편들의 마음지갑에 새겨놓으면 좋겠다는 생각이 순간 들었다.

미국의 기상학자는 "뉴욕 센트럴파크에서 나비가 날갯짓을 하면 태평양 한가운데서 태풍이 만들어질 수 있다"고 말한다. 나비효과(Butterfly Effect)이다. 부부 사이도 마찬가지. 가장 가까운 곳에서의 작은 감동은 끝없는 파장을 일으켜 먼 곳까지 감동의 물결을 자아낼 수 있다. 사랑하는 사람의 머리카락 하나는 소 네 마리가 끄는 힘보다 강하다는 덴마크 속담도 있는 것처럼.

꼭 반짝이는 다이아몬드가 아니어도 좋고 두툼한 돈 봉투가 아니어도 좋다. 길거리에서 파는 싸구려 머리핀 하나라도 가던 길 멈추고 이리저리 아내를 생각하며 고르고 골랐을 남편의 따끈한 사랑을 아내들은 원한다.

　주방에서 달그락거리는 소리가 나기에 나가봤더니, 남편이 혼자 바쁘다. 뭘 하냐고 물었더니 내가 먹고 싶어 하는 음식을 한다고 한다. 나도 잊고 있었던 음식. 잡채였다. 얼마 전 무심코 TV에 나온 잡채가 먹고 싶다고 했던 나의 말이 떠올랐다. 그 말을 기억한 것이다. 괜히 미안해졌다. 어제 슈퍼에서 필요도 없는 당근하고 시금치는 왜 사냐고 남편에게 말했던 내가 너무 부끄럽게 느껴졌다. 내가 좋아하는 잡채 재료를 사는데 싫은 소리를 했으니. 잡채를 어떤 표정으로 먹어야 할지가 가장 걱정스러웠었다. 하지만 행복이 밀려왔다. 이렇듯 아내들은 아내의 말 한마디를 소중하게 기억해 주는 관심과 배려에 감동한다.

　내가 먼저 아내를 또 남편을 감동시킬 수 없다면 그 누구도 감동시킬 수 없다.
　먼저 가장 가까이 있는 사람부터 감동시키는 것이 가장 힘든 일이지만, 가장 가치 있는 일임을 우리는 모두 알고 있으므로…….
　나도 오늘은 남편에게 마음 담은 편지 한 통 써서 지갑에 넣어볼까 한다.

처자식을 사랑하지 않는 자는
집에 암사자를 기른다

거의 매일, 메일을 보내주는 분이 있다. 감동스러운 글이나 이미지를 보통 보내주는데, 얼마 전에는 유머 한 토막이었다. 제목은 '아내를 잃어버렸습니다!'

남편이 아내와 함께 백화점에 쇼핑을 갔다가~~

아내를 잃어버렸다…….

고민하다가 앞에 지나가는 아주 섹시하게 생긴 여자에게 접근해서 말했다.

"저……. 사실은 집사람을 잃어버렸는데 몇 분만 저랑 이야기하실래요?"

"네? 근데 왜요?"

남편 왈,

"왜냐하면……. 제가 매력적인 여성하고 잠시라도 말을 나누고 있으면, 아내가 귀신같이 나타나거든요……."

웃는 하루를 선물하고 싶은 K대표에게 이 글을 전달했다. 재미있다는 답 글을 기대하면서. 그런데 의외의 답 글이다. 웃자고 보낸 유머에 가슴을 쓸어내리는 사람이 있을 수도 있다는 사실을 미처 몰랐다. 아내를 그런 사람으로 만든 장본인은 바로 그 남편일 수도 있다는 K대표의 말. 몇 초 동안 띵했다. 왜 그랬는지는 아직까지도 정리가 잘 되지 않지만. 하지만, K대표의 말에 '따뜻함'이 느껴졌다. 특히 "우리가 진정으로 좋은 날씨를 느끼려면 그것이 오랜 동안의 악천후 뒤에 와야만 하지요. 마찬가지로 부부도 가끔 '싸움'이라는 빨간 불이 켜져야 '화목'이라는 파란 불을 감사할 수 있게 됩니다."라는 마무리 글이 가슴에 와 닿았다.

이 땅의 적지 않은 아내들이 남편을 못 믿고, 남편에게 소리 지른다. 그리고 울기도 한다. 이 땅의 많은 남편들은 그것을 '쓸데없는 바가지'라고 한다. 또는 '이유 모를 히스테릭'으로 본다. 그런데 사실, 여성의 히스테릭한 분노는 약자들의 외침이라고 한다.

'처자식을 사랑하지 않는 자는 집에 암사자를 기르고 슬픔의 둥지에 알을 부화한다.'라고 한 제레미 테일러의 말을 빌지 않더라도 아내를 이해하려 하지 않는다면 절대 행복해질 수 없음을 우리는 안다.

감성적인 그녀는 남편의 논리적이고 권위적인 주장에 밀려 늘 말문이 막혔을 것이며, 울고 웃는 것 이외에는 자신을 표현할 방법이 없었을 것이다.

그런데 남편은 그런 그녀를 단순히 '감정적인 여자' 정도로 치부했고, 그때마다 그녀는 무시당한다고 느꼈을 것이다. 그리고 어쩌다 아내가 당신을 무시하는 태도를 보인다면 그것은 단지 제스추어다. 거기엔 '지난 세월 당신이 바로 이렇게 나를 무시했다'는 의미가 숨어 있다. 그 중요한 사실을 모른 체 하지 않는다면, 그 사실을 인정한다면, 그래서 아내를 이해하려고 노력한다면, 그렇다면 당신은 '행복할 자격이 있는 사람'이라고 말하고 싶다고 한 괴테의 말이 생각나는 밤이다.

가정을 훌륭하게 이루는 사람은 국가의 일에도 가치 있는 인물이다

한 친구와 방에서 잡담을 나누면서 즐거운 시간을 보냈다. 그런데 또 한 친구가 들어왔다. 순간, 화기애애하던 우리의 분위기가 꽁꽁 얼어붙었던 경험, 누구나 한 번쯤은 있으리라.

동기들보다 초고속 승진을 한 T과장도 그런 경험이 있다며 이야기를 꺼낸다.

"퇴근하고 집의 현관문에 다다르니 집안의 가족들의 웃음소리가 들렸어요. 무슨 좋은 일이라도 있는가 보다 생각하고 문을 여니, 가족들이 나를 보자마자 웃음을 거두더군요. 그리고는 무표정으로 각자 방으로 들어갔지요. 기분이 묘해지더라고요. 지독히 소외당한 느낌이라고나 할까? 그 이후로 내가 알아서 쑥 빠져 주고 있어요. 괜히 가족들 사이에 내가 끼었다가 분위기만 어색해지니까요."

이 말이 끝나기 무섭게 언론업계의 Y부장의 고민이 쏟아졌다. "결혼한 지 20년 만에 처음으로 아내하고 등산을 갔었어요. 며칠 전에. 앞으로는 절대로 아내와는 등산 안 할 겁니다. 절대!" 필자가 이유를 물으니, 아내가 등산을 갔다 와서 바가지를 긁더란다. 세 시간 넘게 등산을 하면서 남편이 자신에게 해 준 말은 하나밖에 없었다면서……. 그것은 바로 "빨리 와" 그 말을 들으니 웃음이 나왔다. 우리나라 많은 남편들이 그러하기에.

가족의 생계를 책임지는 우리나라 많은 아버지와 어머니는 열심히 돈을 번다. 가족을 위해서. 그래서 시간이 없다. 가족과 보낼 시간이. 하지만 가족에게는 시간보다는 돈이 필요할 거라 믿고 그것으로 위안 삼는다. 그것이 자신들이 할 수 있는 최고의 사랑이라고 믿으면서. 그러니 가족들과 그런 자신을 알아줘야 하고 알아줄 거라 믿고 싶어 한다. 그러나 안타깝게도 현실은 그렇지 않다. 가족과 함께 시간을 보내지 못하면 못할수록 가족과의 주파수는 맞지 않아 이상한 잡음만 내게 된다. 사람은 저마다 고유한 주파수를 가지고 있다.

그 사람의 이름만 들어도 기분이 좋아지는 사람이 있는가 하면, 그 사람의 얼굴만 떠올려도 언짢아지는 사람이 있다. 자기의 주파수는 자기 마음에서 나오고, 사랑의 주파수가 가장 좋은 파동을 만들어 낸다. 때문에 가족 사이에서는 사랑이라는 공통된 주파수가 흐를 때 가장 행복한 파동이 만들어지리라. 톨스토이가 '모든 행복한 가족들은 서로 서로 닮은 데가 많다. 그러나 모든 불행한 가족은 그 자신의 독특한 방법으로 불행하다'고 말한 것처럼.

T과장은 경인년 새해의 다짐이 이것이란다.

"이제는 나로 인해 가족들의 대화가 끊기거나 어색해 지는 것이 아니라, 오히려 나로 인해 가족들의 사이가 끈끈해지고 풍요로워질 수 있도록 하겠다. 그러기 위해서 나는 가족들에게 남은 시간을 내어주는 것이 아니라 없는 시간을 만들어서 함께 하리라!"

좋은 계획이다. 이에 질세라 Y부장도 한마디 한다. 아내와 등산을 포기하지 않고 몇 번 더 해보겠다고. 그리고 앞으로는 "빨리 와"라는 말 대신 이 말을 하겠단다. "빨리 가"라고. 설마… "힘들지", "힘내", "정상에 다 왔어", "우리가 해냈어!" 등등…. Y부장이 할 말은 넘치게 많음을 스스로도 알고 있을 것이다. 이렇게 가정을 위한 작은 변화의 다짐에 필자는 박수를 치고 싶다.

소포클레스가 말하기를 '자기 가정을 훌륭하게 다스리는 사람은 국가의 일에도 가치 있는 인물이다.' 라고 하지 않았던가!

인생을 목적으로서가 아니라 하나의 과정으로서 계속되는 여행이라고 생각한다면, 우리의 인생 여행은 매일매일 가능한 한 가족과 함께 나누면서 즐길 수 있으리라.

Only the person who has faith in himself is able to be faithful to others.

스스로를 신뢰하는 사람만이 다른 사람들에게 성실할 수 있다.

- Erich Fromm(에릭 프롬, 미국 정신분석학자, 1900-1980]

감성을 훔치는 마음의 힘 7가지

가슴을 여는 답 메일로 배려지수 높이는 법

가치 있는 마음의 선물이 일등 공신이다

새로운 꼬치고기를 집어넣어라

최고의 인맥관리 비법은 먼저 듬뿍 퍼주는 것!

감성을 훔치는 정성의 기술!

성공한 사람들은 불평으로 포장된 위기를 기회로 꽉 잡는다

꿈꾸는 사람은 늙지 않는다

가슴을 여는 답 메일로 배려지수 높이는 법

필자가 속해 있는 모임에 그야말로 사람냄새가 나는 멋쟁이 간사가 있다. KBS 기자이자 '미디어비평'이라는 프로그램의 진행자로도 활약하고 있는 이승기 간사는 매주 금요일이면 메일로 금요 통신이라는 뉴스레터를 보내온다. 일주일 동안 있었던 멘토들의 생생한 정보들이 통통한 알토란같다. 그 바쁜 와중에 금쪽같은 시간을 쪼개서 보낸 것임을 알기에 감사하게 읽으면서도 나 또한 바쁘다는 핑계로 답 메일을 살짝 잊을 때가 있다. 하지만 가급적 정성을 다해 전체 답 메일을 보내는 배려의 습관이 있는 분이 있었으니 다름 아닌, 강혜구 대표다. 강혜구 대표는 『블루오션 전략』이라는 책으로 더 알려진 분으로 그 분의 메일 글은 기분 좋게 지저귀는 종달새 같다.

"간사님, 저 가급적 금요일 밤 집에 있을 때는 간사님의 M프로그램 꼭 챙겨 보고 있습니다. 이젠 프로그램에서 간사님의 존재감이 점점 확실히 팍팍 느껴지는데요. 지지난 주 푸른빛이 들어간 다이어고날 체크형 넥타이도 좋았습니다!!! 저는 방송 시작하면, 제일 먼저 간사님 헤어스타일(마지막 머리빗 손질을 하셨나…)과 무슨 넥타이를 하셨나부터 봅니다." 어찌 이런 글을 읽고 미소짓지 않겠는가!

강혜구 대표의 이런 메아리가 있기에 이승기 간사의 수고로움이 행복함으로 바뀔 수 있는 것이리라.

아름다운 삶의 배경을 만드는 사람은 바로 자신이다. 배려는 아름답다. 그렇기에 배려하는 습관은 자신의 아름다움의 향을 진하게 만든다. 그리고 그 배려는 인간관계를 풍요롭게 한다.

자신의 소중한 시간과 정성을 모임을 위해 아낌없이 쓰는 이간사의 배려는 시간이 갈수록 반짝거린다. 그 반짝임의 가치를 알기에 얼마 전 모임회장의 권한으로 간사에서 '사무총장' 으로 승격했다. 물론 달랑 이름뿐인 승격이지만, 회원들이 그를 '사무총장님' 으로 부르는 그 한마디에 그의 그동안의 노고에 대한 감사함이 구석구석 스며들어 있음을 느낄 수 있으리라.

반면에 인간관계가 험난하기로 유명한 L대표는 자신에게 도움을 줄 사람만을 나름 선별해서 인간관계를 맺는다. 오랜만에 만나 반갑게 인사를 했는데 돌아온 대답은 이러했다. "오늘 K회장님이 오시는 줄 알고 무리해서 왔는데, 괜히 왔나 보네요." 라며 주변을 휙 둘러본다. 마치 자신에게 포만감을 줄 만한 먹잇감을 찾는 하이에나처럼…. 이렇게 이익과 손해를 인간관계에서 계산하는 사람은 정떨어져 싫다. 어디 나뿐이겠는가?

탈무드에 '향수 상점에 들어가서 향수를 사지 않아도, 나왔을 때에는 향수의 향기가 난다.'는 말이 있는 것처럼, 좋은 사람들과 함께하는 것만으로도 내가 좋은 사람이 되는 것 같아 느낌이 참 좋다.

현대 사회에서 가장 중요한 관계는 바로 사람관계이다. 미국의 경영컨설턴트인 존 팀펄리는 현대사회를 '누구를 아느냐(Know Who)'의 시대라고 하였다. 미국 하버드대학교에서는 졸업생 중에서 실직자를 대상으로, "왜 그 일을 그만두셨습니까?"하는 실직의 이유를 물어보았다. 그 결과 일을 잘못해서 쫓겨난 사람보다 인간관계가 나빠서 그만두게 된 사람이 자그마치 두 배나 되었다고 한다. 꼭 조사가 아니더라도 우리는 피부로 직접 느낀다. 주변에 이직한 사람들을 한번 획 둘러보면 답은 바로 나온다. 사람이 치사하고 더럽고 아니꼬워서 사표를 몇 번씩 쓰고 지우고 쓰고 지우고 하지 않던가? 일이 치사하고 더럽지는 않을 터이니….

이것은 사람관계가 좋은 사람은 성공하고 사람관계가 나쁜 사람은 실패하기 쉽다는 것을 말해 준다. 즉 배려의 습관으로 상할 수 있는 인간관계에 신선한 방부제를 쳐서 유통기한을 늘려야 한다.

그리고 인간관계에서 명심할 것 하나! 거울 속의 내가 찡그리고 있다면 먼저 미소를 짓는 것부터 연습하라! 거울이 먼저 웃지 않듯, 사람들도 먼저 웃지 않는다. 먼저 웃지 않는 사람들을 웃게 하는 것은 바로 나의 미소다.

가치 있는 '마음의 선물'이 일등 공신이다

저녁 즈음이면 늘 같은 장소에서 과일을 파는 트럭에 갔다. 귤 좀 사려고. 그런데 주인이 하는 말이 "오늘은 귤이 별로 안 좋으니 다른 과일로 들여가세요."라고 한다. 주인은 왜 자기가 파는 물건의 품질을 나에게 솔직하게 털어놓는 것일까? 지금 당장 속여서 단기적 이익을 내는 것이 이익이 아님을 아는 것이다. 진실하게 행동함으로써 내 마음을 사로잡고 앞으로의 장기적인 거래를 돈독히 하는 것이 진짜 이익임을 아는 주인은 진짜 장사꾼!

"장사는 이문을 남기는 것이 아니라, 사람을 남기는 것이다." 조선시대 최고의 거상 임상옥이 했던 말이 아니던가! 아마 그 과일 트럭 주인도 그의 후손일런지도.

서로 반복적인 거래가 이루어지는 상황에서, 그리고 단위가 소규모일수록 무임승차 행위는 장기적 거래에 악영향을 미쳐 결국 손해를 보게 된다. 따라서 인간관계에서도 눈앞의 이익보다는 진실하게 대하는 것이 답이다. 신뢰를 구축하는 것이 가치 있다. 성공한 사람들은 바로 이러한 비밀을 꿰뚫고 있는 것이다. 정말 똑똑하다.

비비안의 김진형 사장의 표정과 말투는 차돌처럼 단단한 이미지이지만, 그의 역지사지 배려심을 경험해 본 사람이라면 그의 외적 이미지에 속지 않는다. 바쁜 중에도 모인 지인들에게 마음을 전하는 ‘작은 선물’을 마음과 함께 나눈다. 뿐만 아니라 지인들이 하고 있는 일에 탄력을 주는 프로젝트를 소개해 준다. 그리고 서로 도움이 될 만한 인맥을 연결시켜 주는 등 ‘마음의 선물’을 주는 데 심혈을 기울인다. 그러니 모임에서의 존재감은 그야말로 하늘을 찌른다. 그리고 모임에서 주로 사진촬영 담당을 하는 필자의 사진을 보면 은연중에 편애가 심하다. 다른 분들은 한두 장이라 전송이 쉽다. 그런데 김진형 사장에게 사진 전송을 하려면 자꾸 에러가 난다. 용량이 너무 많아서다. 그도 그럴 것이 스무 장이 훨씬 넘는 경우가 많다. 하지만 다른 분들에게 나는 같은 레퍼토리로 늘 말하곤 한다. “죄송해요. 주로 밝게 웃으시는 분 위주로 찍다 보니…….” 사실이다. 모임의 분위기를 유쾌하게 리드하는 것은 바로 그 분이니까.

잘만 활용하면 인맥관리의 일등 공신이 될 수 있는 것이 바로 이런 선물이다.

후배 H과장은 상사의 가족을 위한 자연스러운 선물로 상사의 마음을 사로잡는다. 어찌나 눈썰미가 있는지 상사 집들이 때 딱 한 번가 보고는 상사 부인의 취향을 파악한 왕센스다. 와인 잔이 종류별로 다양하게 있는 장식장을 보고서는 출장 때마다 특이한 와인 잔을 찾아 헤맸다니 정성이 갸륵하다.

따뜻한 마음과 유쾌한 웃음선물로 많은 이에게 사랑을 듬뿍 받는 탤런트 전원주 씨는 가수 문희옥 씨를 칭찬한다. 방송하기 전에 연세 지긋하신 분들의 식성에 딱맞는 '된장 살짝 발린 미역쌈밥'을 바리바리 챙겨오는 센스 때문이다. 그런 세심함을 가진 이를 누군들 안 예뻐할까? 그 세심함이 마냥 부러울 뿐.

몇 년째, 필자는 직접 담군 고추장과 된장, 어떤 때는 직접 짠 참기름을 선물받고 있다. 시중에 파는 일반 고추장 된장, 기름과는 차원이 다른 자연의 맛도 일품이지만, 선물을 의미 있게 받았기 때문이다. 바쁜 요즘, 나를 기억하고 택배로 선물을 보내주는 것만으로도 감사하고 감사한 일이다. 그런데 해마다 신입사원이 직접 필자의 회사에 와서 선물을 주고 간다. 손 한가득 선물을 들고 해맑은 미소로 "안녕하십니까? 토마토상호저축은행 신입사원 김남길(가명)입니다. 저희 회장님께서 박영실 대표님께 선물을 보내주셨습니다. 이 고추장은 일반 고추장과는 달리 … (중략)… 맛있게 드시고요, 늘 관심과 성원 주심에 감사드립니다."라며 선물에 대한 겸손한 자랑과 함께 감사함을 전한다. 그 순간 필자는 감사함을 받는 대상이 바뀌었음을 느끼며 송구해진다. 아울러 감사함을 받을 자격이 있는 사람이 되어야겠다고 다짐도 한다. 물론, 송구하게도 몇 년째 다짐만 하고 있지만…. 이처럼, 선물은 주는 방법도 상당히 중요하고 가치 있다.

하지만, 위의 사례를 무조건 따라 하는 것은 금물이다. 인맥관리를 위한 노하우는 개인마다 다르므로. 중요한 건 상대가 어떤 사람이냐이다. '선물을 좋아하는지', '호형호제' 하기를 선호하는지, 그저 '충성심'을 따지는지를 가려 방법을 달리 해야 한다. 성과를 중시하는 상사에게 엉뚱하게 선물공세를 펼치다가는 역효과를 볼 수 있음을 명심해야 한다. 속셈이 훤히 보이는 선물은 누구나 별로다. 무더기로 대충 사서 많은 이들에게 하나씩 배분하듯 나누어 주는 생색내기식 선물도 별로다. 받고도 고맙지가 않고, 어떤 경우는 받지 않느니만 못한 경우도 있다. 선물을 주는 것은 순간이지만, 선물을 주기까지는 많은 생각과 시간을 투자해야 한다. 지금까지도 필자에게 가장 기억에 남는 선물 중에 또 하나는, 교육생이 준 '노트'다. 세상에 단 하나밖에 없는 '손으로 직접 만든 천으로 된 노트'다. 직접 고른 천과 종이 그리고 실로 한 땀 한 땀 정성 들여 만들었다는 그 노트는 5년째 내 손에 가장 가까이 닿을 수 있는 '명당자리' 터줏대감이다. 그 선물을 보면 마음이 보이기 때문이다. 특히, 노트 첫 장에 쓰인 이 문구가 나는 참 좋다.

빛을 퍼뜨릴 수 있는 두 가지 방법이 있다.

촛불이 되거나 또는 그것을 비추는 거울이 되는 것이다.

– Edith Wharton –

새로운 꼬치고기를 집어넣어라

  지인을 통해 소개받은 S회장은 평상시 나이가 한참 어린 부하 직원에게조차 존대를 해주는 것으로 유명하다. 상호 존중하면서 친절한 문화가 조직의 경쟁력을 만든다는 그의 철학에 따라 S회장을 비롯해서 그 회사의 임원진들이 부하직원들을 존중해 주니 부하직원들이 상사들을 존중해 주더란다. 그러나 처음부터 그랬던 것은 아니라면서 필자에게 꼬치고기 이야기를 해주었는데 흥미로웠다. 그래서 내가 강의를 할 때도 곧잘 활용하곤 하는데 소개하고자 한다.

  꼬치고기는 맛이 좋고 힘이 센 물고기인데, 이 물고기에 관한 흥미 있는 실험 결과가 있다. 먼저 큰 물통의 오른쪽에 굶주린 상태의 꼬치고기를 넣어 둔 다음에 꼬치고기들이 좋아하는 먹이인 작은 물고기들을 물통의 왼쪽에 넣어 둔다. 그러면 꼬치고기는 맛있게 생긴 물고기들을 보고 다짜고짜 덤벼들어 한입에 집어삼키려 할 것이다. 그런데 이 물통 한가운데는 유리판으로 미리 칸막이를 해 두었기 때문에 힘차게 돌진하던 꼬치고기는 그만 유리 칸막이에 쾅 부딪치게 되고, 줄기차게 반복한 끝에 꼬치고기는 결국 포기하게 된다.

한편 왼쪽의 작은 물고기들은 처음에는 저쪽에 무서운 꼬치고기가 있으니 겁을 먹고 구석에 옹기종기 모여 있다가 시간이 지나고 아무 탈이 없는 것을 알고 이곳저곳으로 자유롭게 헤엄쳐 다니게 된다. 이 때 물통 가운데 있는 유리판을 살짝 빼 보면 꼬치고기는 어떻게 행동할까? 맛있는 작은 물고기가 겁도 없이 자유롭게 헤엄쳐 오는데도 불구하고 꼬치고기는 가만히 머물러 있기만 한다.

그럼 예전처럼 능동적으로 먹이를 향해 돌진하는 꼬치고기로 변화시킬 수 있는 방법은 없을까? 어떤 분은 방법이 없다고 하고, 어떤 분은 물을 휘휘 젓는다고 말해서 웃었던 기억이 난다. S회장이 말해 준 해답은 바로 "새로운 꼬치고기를 집어넣는다!"이다.

유리벽의 한계를 경험해 보지 못한 새로운 꼬치고기는 물통 속의 먹이를 향해 힘차게 거꾸로 거슬러 오르며 먹이사냥에 나설 것이고, 그 모습을 목격한 다른 꼬치고기들은 희망을 갖게 될 것이다. "어! 먹이를 먹고 있네! 유리벽이 언제 없어졌지?" 하면서 도전을 하게 되는 것이다.

그렇다. 마음도 그렇다. 함께 일하는 사람들의 마음의 중요성을 일깨운 선구자가 먼저 마음을 열어 보이면서 솔선수범을 하는 것… 그래서 주저앉았던 다른 조직원들이 따라하고 그럼으로써 모두 함께 마음을 열게 되는 것이다. 프랑스 격언에 '젊은이는 희망에 살고, 노인은 추억에 산다.' 라는 말이 있는데, 이대로라면, S회장은 분명 젊은이다.

　새로운 만남은 늘 설렌다. 특히 성공하신 분들에게는 늘 배울거리가 가득하다. 돈 주고도 배울 수 없는 수십 년간 쌓고 닦은 성공 노하우를 공짜로 듣는 것이 송구스럽기까지 하다. 그럼에도 불구하고 당신들의 이야기를 잘 경청해 주어 오히려 고맙다는 그들의 겸손한 태도에 오늘도 고개가 절로 숙여진다.

　"사람은 타인에게 무언가를 주어야 하며, 주는 것보다 빼앗는 것이 많은 사람은 자신이 갖고 있는 것까지 빼앗기게 되지요."라는 S회장의 말이 오늘따라 생생하다.

최고의 인맥관리 비법은 먼저 듬뿍 *퍼주는 것!*

여러분이 그 동안 애용했던 면도기나 화장품이 있다고 가정해 보자. 그 제품에 문제가 생겨서 전화를 했는데, 자동응답기에서 이런 말이 흘러나온다면 기분이 어떨까? "주문을 하시거나 돈을 입금하시려면 5번을 누르시고, 불평신고를 하시려면 34781938번을 눌러 주십시오. 좋은 하루 되십시오." 어떠한가? 두 번 다시 그 제품과 사랑에 빠질 수 없을 거다.

남편은 아내 하기 나름이라는 말처럼, 고객은 기업하기 나름이라는 것을 알기 때문이 아닐까? 고객은 서비스를 어떻게 하느냐에 따라 변덕쟁이 애인도 되었다가 잔소리꾼 아내도 된다.

고객의 러브콜을 받는 기업을 보면 고객을 끊임없이 설레게 하고 멈춤 없이 감동시킨다.

평소 고객중심서비스혁신으로 유명한 P회장과 점심을 함께 하면서 그 회사가 업계 1위가 될 수밖에 없음을 새삼 느꼈다. 필자를 서비스진단전문가로서 초대해 준 것에 기쁜 마음으로 응하면서 어떤 조언을 해야 하나 나름 고민을 많이 하고 준비도 많이 했다.

그런데 식사를 마칠 때 즈음엔 내가 오히려 그의 귀한 서비스철학을 통해 넘치게 배운 시간이었다. 자신을 늘 '희망을 파는 상인'이라고 소개하는 P회장은 노드스트롬백화점을 통해 회사의 서비스철학을 다시 세웠다고 했다. 평소에 서비스 교육시간에도 우수사례로 많이 인용했던 곳이었지만, P회장의 이야기를 들으면서 새삼 노드스트롬의 힘을 느낄 수 있었다.

고급 의류백화점으로 고객의 불만을 최고의 선물처럼 기쁘게 받아들이는 것으로 유명하다.

교환·환불하는 고객에게 묻지도 않고 따지지도 않는다.(No questions ask) 교환·환불 기간도 제한이 없다고 하는데 오죽하면 광고 문구가 '고객이 메이시(Macy's·경쟁 백화점)에서 구입한 제품도 기쁜 마음으로 포장해 주는, 겨울에 고객이 쇼핑을 끝내기 직전 고객의 차를 데워 놓는, 타이어체인을 팔지도 않지만 고객이 원하면 타이어체인도 환불해 주는 노드스트롬입니다.' 이다.

P회장은 이렇게 비유한다. "이처럼 기업이 고객에게 달콤한 서비스로 청혼하고, 고객이 기쁘게 받아들이면 드디어 결혼(계약)이 이루어지지요. 그러니까 기업은 남성이요, 고객은 여성인 셈입니

다. 겉으로 보기에는 여성보다 남성이 힘이 세 보이지만, 힘센 남성
을 낳고 키우는 것은 결국, 어머니 여성인 것이지요. 즉 고객은 기
업이 존재할 수 있는 이유가 되는 것입니다. 고객이 원하는 서비스
가 제대로 이루어지는 한 세상은 보다 아름다워질 겁니다!"

P회장의 말이 살아 숨 쉬는 것은, 고객의 소중함을 말로만 외치
는 것이 아니라 당신 회사의 내부고객을 그 누구보다 소중히 여기
고 섬기며 '언행일치'를 하고 계시기 때문일는지도.

감성을 훔치는 정성의 기술!

가끔 모여 저녁식사를 함께 하는 모임이 있다. 그런데 C사장은 언제부턴가 아내를 부를 때마다 달링, 허니, 자기…등 간지러운 호칭을 쓴다고 했다.

다른 CEO들은 부러워했고 이를 의아해하던 L사장이 왜 그렇게 부르냐고 물었다. 그러자 C사장이 대답하기를 "쉿~! 사실은 몇 년 전부터 아내의 이름이 기억나지 않아서요." 물론 분위기를 부드럽게 하기 위해 한 농담이었다.^^

설마 아내의 이름을 기억 못하는 사람이야 없겠지만 , 아내의 생일을 기억 못해서 바가지 긁혀 본 사람은 있을 거다. 아내의 바가지! 서비스로 막을 수 있다고 C사장은 자신의 사례를 들어 자신 있게 말한다.

얼마 전 아내의 생일이 되기 며칠 전에 평소에 잘 알고 지내던 A디자이너가 전화를 걸어왔단다. C사장의 아내는 그 곳에 가서 물건을 사는 것을 좋아하지만, 거기 있는 물건들은 모두 비싸기 때문에 선뜻 구입하지 못하고 있음을 알고 있는 C사장에게 A디자이너가 전화를 했다.

"사장님, 이번 금요일이 사모님 생신이시지요? 저는 사모님께서 진짜 좋아하시는 물건들을 갖고 있습니다. 사장님께서 원하신다면, 그것을 정성껏 포장해서 사무실로 배달시켜 드리겠습니다. 사모님께서 받으시면 무척이나 행복해 하실 겁니다."

아내의 생일은 48시간도 남지 않았고 그런데도 아직 선물을 준비하지 못했다는 것을 깨달았다. 그렇다고 여기저기 뛰어다닐 만한 시간도 없는데. A디자이너가 C사장에게 그 모든 부담을 덜어주겠다고 나서고 있는 것이다. 돈을 좀 더 적게 쓰고 싶은 마음이 굴뚝같기는 했지만, 그것은 도저히 마다할 수 없는 제안이었다. 뿐만 아니라 A디자이너라면 아내가 좋아하는 이슬이 대롱대롱 맺힌 신선한 후리지아 꽃다발을 함께 보내줄 수 있는 센스가 있는 프로 서비스맨임을 너무나도 잘 알고 있는 터이기에…

이처럼 C사장은 A디자이너의 맞춤서비스 덕분에 아내의 바가지에서 해방이 되었다고 자랑한다. 뿐만 아니라 다음날 아침 반찬이 세 가지에서 다섯 가지로 늘었다고….

그런데 C사장의 이 말에 더욱 힘이 실리는 것은, C사장은 위의

경험을 통해 서비스의 중요성을 새삼 깨우쳤고 그것을 자신의 조직
에도 고스란히 접목을 해서 성공을 했다는 사실이다.

맞는 말이다. 사람들의 삶에서 매우 중요한 어떤 이벤트가 있을
때, 누구보다 제일 먼저 그걸 알아내고 이런 정보를 기록해 두었다
가, 그 사실을 깨우쳐줌으로써 남편으로 하여금 신세를 졌다는 생
각을 하게 만드는 것이다.

고객의 마음을 얻어서 회사이미지를 향상시키고 이윤창출에 성
공한 한 C사장은 또 말한다.
"올해는 우리 회사에게 정말 행운이 따라주었습니다. 감사한 일
이지요. 하지만 중요한 사실은, 준비가 기회를 만나는 것, 바로 그
것이 행운이라는 것입니다! 다음 해에도 우리 회사는 행운이 따라
올 것입니다. 우리가 열심히 준비할 것이고, 분명 기회를 만날 테
니까요!"
C사장이 성공할 수밖에 없는 이유는 바로 진실한 마음이었다.

탈무드에 보면, 현인 앞에 앉아 있는 사람은 세 가지로 나누어진
다고 한다. 무엇이라도 흡수하는 스펀지 형과 무엇이라도 오른쪽
귀에서 왼쪽 귀로 지나가게 하는 터널 형, 그리고 중요한 것과 그렇

지 않은 것을 체로 거르는 형이 그것이다. 필자는 C사장의 마음을 들으며 자연스레 스펀지 형이 되는 자신을 느꼈다. 버릴 말이 하나도 없었기에…

성공한 사람들은 불평으로 포장된 위기를 기회로 꽉 잡는다

실적 좋은 수입자동차 딜러인 김 과장은 매일 고객들을 만난다. 그는 출근할 때마다 '비장의 카드'를 만든다. 지난주에는 노래방에서 짐승돌 2PM의 춤을 따라하며 고객에게 인기몰이를 했다. 이번 주에는 알찬 정보가 담긴 맞춤 달력을 고객의 특성에 맞게 하나하나 전달할 계획이란다. 작년 즈음에 필자가 진행한 고객만족교육에 교육생으로 들어왔을 때만 해도 '완전 초짜'였는데 완전 탈바꿈을 했다. 성격 다른 쌍둥이라고 해도 믿을 정도다. 바뀌게 된 계기는 자신의 성격으로는 평생 차 한 대도 팔지 못하고 죽을 것 같아서였단다. 고객은 차종을 고르기 이전에 차를 파는 직원을 고른단다. 고객에게 선택을 받을 수 있는 쪼가리 기회라도 얻으려면 변혁이 필요했다나. 반듯한 옷차림에 차에 관한 상식으로 무장해도 뭔가 부족했단다. 바로 고객의 마음을 마비시키는 그 무엇이 1% 필요했는데, 그것이 바로 고객을 내편으로 만드는 '친절'이었음을 나중에 깨달았다고 한다. 내가 교육 때 그리도 강조했건만, 아무튼 나중에라도 깨달았다니 기쁘다.

이제 그는 근무처에서 다크호스로 자리매김을 한단다. 영업맨 체질로 성격을 확 뜯어고쳤다는 얘기다. 그런데 문제는 무섭게 불평하는 고객에겐 도저히 답이 안 나온다는 것이다. 그래서 필자가 Y차장에게 들었던 이 얘기를 해줬다.

그리스에 카이로스(Kairos)신을 형상화 한 동상이 서 있다. 외부에서 온 관광객들이 이 동상을 보면 모두 처음에는 웃는다고 한다. 하지만, 그 밑에 새겨진 글의 내용을 알고는 많은 감명을 받는다고 한다. 그 동상의 모습은 앞머리에는 머리숱이 무성하고 뒷머리는 대머리 인데다가 발에는 날개가 있다. 그리고 … 그 동상 아래는 이런 글자가 새겨져 있다고 한다. "나의 앞머리가 무성한 이유는 사람들이 나를 보았을 때 쉽게 붙잡을 수 있도록 하기 위함이고, 뒷머리가 대머리인 이유는 내가 지나가면 사람들이 다시는 나를 붙잡지 못하도록 하기 위함이며, 발에 날개가 달린 이유는 내가 최대한 빨리 사라지기 위함이다. 나의 이름은 바로 기회다!" 라고 말이다.

요즘 고객가치경영이 대세인데, 고객의 불만을 기회로 생각하고, 고객의 불평을 귀담아 들으면 자다가도 떡이 생기고 돈이 생길 수도 있다고 K사장은 강조한다. 나 또한 공감한다. 위기는 위험한 기회라고들 하는데, 실제로 위기를 기회로 잘 살려 히트상품을 개발해서 대박을 낸 경우가 많다. 우리나라에 세계유일의 김치냉장고가 있다면 중국에는 고구마세탁기가 있다. 농민들이 고구마를 씻을 수 있는 세탁기를 간절히 원해서 개발하게 된 것이다.

고객을 향해 진심으로 마음을 다 하면 돈은 자연스럽게 따라온다.

빌게이츠는 이렇게 말했다. "여러분의 제품에 가장 불만족스러워하는 고객이야말로 당신이 뭔가를 배울 수 있는 최고의 고객입니다"라고. 이처럼 고객의 불만은 새로운 가치를 창출할 수 있는 또 다른 기회이다.

아무쪼록 김 과장이 불평하는 고객이 주는 기회를 덥석 잘 잡기를 바란다.

성공의 문을 열려면 밀거나 당기거나 해야 함을 명심하면서…

불만족한 고객을 만족시킬 수 있는 기회는 그리스 동상의 풍성한 머리숱처럼 누구나 쉽게 붙잡을 수 있다. 그러나 떠나버린 고객을 다시 찾을 수 있는 기회는 날개가 달려 있어서 좀처럼 쉽게 다시 잡기가 어렵다.

성공한 사람들은 불평이라는 위기로 포장된 서비스 기회를 꽉 붙잡는다. 그리고 진심 담긴 마음으로 고객을 웃게 한다. '남에게 마음을 줄 수 있는 사람만이 마음을 얻을 수 있다고 생각해요' 라는 김 과장의 말에 고객의 불편한 마음을 잡아보겠다는 설렘이 보인다.

꿈꾸는 사람은 늙지 않는다

레스토랑을 운영하고 있는 H사장은 상당한 동안이다. 그 비결을 궁금해 하는 많은 이들에게 H사장의 답은 명쾌하다.

"늘 꿈꾸는 게 비결이지요. 생각하는 것이 인생의 소금이라면, 꿈은 인생의 설탕입니다. 꿈이 없다면 인생은 쓰겠지요?"

멋진 표현이다.

얼마 전에 H사장이 운영하는 레스토랑에서 웨이터가 서비스로 빵을 더 가져다주며 했던 말 때문에 일행 모두 웃었던 기억이 난다.

"이 빵은 (서비스라고 한다는 것이 그만…)삽스입니다!^^"라고 했고, 본인도 말이 헛 나온 것을 순간 느꼈는지 얼굴이 발그레해졌다.

H사장은 웨이터가 혹시라도 민망해 할까봐 웃음을 참아가며 낮은 목소리로 "네~ 삽스 고맙습니다!" 했었다.

곧바로 그 웨이터는 "더 필요한 것이 있으시면 언제든 여러분의 꿈 디자이너 송승헌(가명)을 찾아 주십시오!"라고 말했던 기억이 난다.

꿈 디자이너? 괜찮았다. 표현이…. 요즘에 배고파서 레스토랑을 찾는 사람은 없다. 레스토랑에서 행복한 경험을 하고 싶어서, 행복한 꿈을 꾸고 싶어서 간다는 것을 그 레스토랑은 잘 알고 있었다. H사장이 운영하고 있는 그 R레스토랑의 비전은 바로 '꿈의 레스토랑' 이었다.

중요한 비즈니스가 있을 때 우리는 레스토랑 선정을 앞두고 고민을 하곤 한다. 그렇기에 H사장은 만날 때마다 자신이 많은 고객들이 소망하는 '꿈의 레스토랑' 을 만들고 싶다고 입버릇처럼 말했다. 그래서인지 그 레스토랑은 H회장을 참 많이 닮아 있었다.

모임에 생일을 맞은 사람에게는 직접 쓴 카드와 함께 마음 담긴 선물을 전하기로 유명하다.

액세서리를 좋아하는 C팀장에게는 본인이 직접 만든 귀걸이를, 다양한 모자를 수집하는 L대표에게는 어울릴 만한 모자를 선물했다. 나중에 알고 보니 그 모자 옆의 L이라는 이니셜이 있는 장식품 또한 H사장의 작품이었다. 그 섬세함에 다들 마음이 녹아내렸다.

그 레스토랑도 고객들의 마음을 녹여주었다.

당일 날짜가 찍혀 매일 인쇄되는 메뉴판을 들었을 때, '박영실 대표님의 전채' 라는 이름이 붙은 걸 보게 된다. 저녁 내내 이런 식으로 서비스가 이루어진다. 테이블에 오는 사람은 하나같이 친근하게 우리의 이름을 부르며, 다시 찾아와 주어서 고맙다고 하며, 이곳에 처음 온 함께 온 분들께는, 기대할 만한 것이 무엇이며 메뉴항목들은 어떻게 준비되는지 등등을 상세하게 설명해 준다. 식사가 끝나고 우리는 디저트 메뉴를 받게 되는데, 거기에는 '박영실님의 달콤한 디저트'라는 항목이 적혀 있다. 만찬이 끝나고 우리가 식당을 나설 때면 지배인이 우리의 코트를 준비해 놓고 기다린다. 지배인은 모든 것이 만족스러웠는지 묻고, 다시 찾아주어서 정말 즐거웠고 재방문을 바란다고 미소짓는다. 밖으로 나서면 차는 이미 시동이 걸린 채 내가 즐겨 듣는 음악이 잔잔하게 흐른다. 차 속에는 아까 레스토랑에서 찍었던 행복한 모습으로 이야기 나누는 우리의 사진이 멋진 액자와 함께 포장되어 준비되어 있다. 생각만 해도 미소가 지어지고 생각만 해도 그 레스토랑을 누군가에게 자랑하고 싶어진다. 그런 멋진 곳을 나는 안다고…

H사장은 늘 말한다. "돈을 많이 버는 것에 집중하지 말고, 남들이 거래하고 싶어 하는 사람이 되는 데 집중해야 합니다. 그러면 돈은 자연스레 따라오거든요…." 이 말을 하는 H사장의 눈은 반짝반짝하다. 이 눈빛이 주름을 모두 가려준다. 꿈꾸는 사람은 정말 늙지 않는가 보다.

인생에 있어서 성공을 A라 한다면, 그 법칙을 A=X+Y+Z 로 나타낼 수 있다.
X는 일, Y는 노는 것이다. 그러면 Z는 무엇인가?
그것은 침묵을 지키는 것이다.

−아인슈타인

믿고 싶은 사람을 만드는 브랜드의 힘 7가지

명품 브랜드는 힘이 세다

브랜드가 경쟁력이다

사람은 믿는 사람의 말만 믿는다

브랜드는 마음을 조절하는 힘이 있다

국가브랜드는 매너 있는 국민이 만든다

행복브랜드가 최고다

얼굴브랜드의 가치를 높여라!

명품 브랜드는 힘이 세다

친구와 함께 TV를 이리저리 틀다가 깜짝 놀랐다. 백화점 문을 열자마자 벌떼처럼 사람들이 밀려들었다. 주변을 보니 50~70% 세일이라는 표시가 된 명품가방이며 신발들이 순식간에 동이 나 버렸다. 뉴스를 들어 보니 2010년 새해를 맞아 해외 명품 본고장에서 명품 세일기간이 시작되었단다. 경기침체의 악화로 인해 명품업체들은 저마다 세일을 통해 불황극복을 노리는 것 같았다.

함께 그 장면을 보던 친구가 하는 말이 "우리나라 사람들도 꽤 갔을 걸! 저 정도 세일이면 비행기 값 빠지고도 남거든" 도대체 몇 개를 사야 비행기 값이 내리고도 남는 건지. 필자는 잘 모르겠지만, 어쨌든 명품은 언제 어디서나 누구에게나 선망의 대상이다. 오죽하면, 소위, 명품 L수첩의 짝퉁(가짜)을 갖고 있던 후배가 해가 바뀌어 내지를 바꾸고 있던 내게 부탁을 한다. 어차피 버릴 거면, 내지 중에 명품L의 로고 스티커와 내지의 앞뒤 표지는 좀 달라고. 쓰던 것을 준다는 것이 후배에게 괜스레 미안했지만, 필요하다니 줬다.

사실, 나도 그 명품 수첩을 손에 쥐기까지는 33년이라는 세월이

흘렀다. 외면보다는 내면의 중요성을 강조하는 아버지의 교육이 명품을 멀리하게 했다. 더 솔직히 말하자면, 자식들 학비 제 때 내는 것만도 허리가 휠 정도의 넉넉지 못한 살림 형편이었기에 명품은 가까이 하기엔 너무 먼 당신이었다. 그런 내가 명품을 갖게 된 것은, 모 은행 PB대상 VIP 서비스마케팅교육을 준비하면서였다. VIP들과의 원활한 소통을 위해서는 명품에 대한 이해가 필요했고, 그 준비를 하는 필자를 보면서, 남편이 해준 깜짝 선물이었다. 사실 갖고 싶었던 거였지만, 고가라서 망설였었는데. 그 날 남편에게 삼겹살을 구워줬던 것 같다.

명품브랜드! 어떤 힘이 있는 걸까? 신문을 보니, 이명박 대통령이 제 3차 국가브랜드위원회 보고회에서 두고두고 회자될 말을 남겼다. 이른바 넥타이 브랜드론.

"이탈리아에서 (만난) 한 정상이 '메이드 인 코리아(한국산) 넥타이는 30달러인데, 여기다 이탈리아 브랜드를 붙이면 150달러가 된다.'고 말했다. 그래서 (내가) 그건 맞는데 '옛날에는 (한국산이) 10달러인데 (지금은) 30달러로 올랐다. 얼마 안 있으면 200달러로 올라간다.'고 했다. (그랬더니 그 정상도) '아! 그렇겠다.'고 말했다"고 전했다.

그럼 세계 명품브랜드는 어떻게 만들어졌는가? 명품브랜드가 탄생된 역사를 따라 가보면, 명품 탄생 배경에는 장인정신이 있다는 것을 알 수 있다. 그래서 명품인 것이다. 사람도 마찬가지다. 브랜드가 있는, 다시 말해 유명한 사람은 '이름값' 을 하기 위해서 더 노력하고 노력한다. 유명인이 하는 선행이 더 화제가 되듯, 유명인이 하는 실수는 '도저히 용납 못할 실수' 가 되기도 하지 않던가! 그만큼 이름값은 비싸다.

워싱턴포스트지의 기사 중 흥미로운 것이 있었다. 세계적인 음악가 조슈아 벨이 거리의 악사로 변장해 미국 워싱턴D. C.의 L'Enfant Plaza역에서 바이올린 연주를 하면서 모금을 했다. 그런데 그 바이올린의 호가는 자그마치 30억 원! 그럼 과연, 최고의 연주가, 최고의 음악, 최고의 악기로 43분간 연주해 모금된 돈은 얼마였을까? 정확히 32.17달러였다……. 이 사례는 '최고의 연주자, 최고의 악기, 최고의 음악이면 된다.' 라는 말에 의문을 던진다.

결론적으로 기능적인 우수성만으로는 부족하다는 것을 일깨워준다. 우리나라 넥타이 품질이 제아무리 훌륭하다고 해도, 명품 브랜드가 붙여진 비슷한 품질의 넥타이와 비교하면 작아지는 것처럼.

사람도 마찬가지다. 제아무리 사람이 훌륭해도 그 훌륭함을 사람들이 알지 못한다면, 무슨 소용인가. 사람의 마음이 자신의 진가를 제대로 볼 수 있도록 세심하게 노력하는 과정이 필요하다. 브랜드 있는 많은 사람들은, 지금 이 순간에도 사람의 마음을 끌어당겨 자신을 보게 하고, 자신을 향해 박수 치도록 유혹한다. 유쾌한 방법으로. 유혹된 사람들은 자신이 좋아하는 또 다른 사람들에게 유혹되라고 권유한다. 보물을 나누는 마음으로.

그래서 명품 브랜드가 힘이 센 것이다.

내 삶이 명품이 되게 하라.

명품을 부러워하는 인생이 되지 말고
내 삶이 명품이 되게 하라.

"명품과 같은 인생은 세상 사람들과 다르게 산다.
더 나은 삶을 산다. 특별한 삶을 산다."

내 이름 석 자가 최고의 브랜드
명품이 되는 인생이 되라.

인생 자체가 귀하고 값어치 있는
명품과 같은 삶을 살아야 한다.
당당하고, 멋있고, 매력 있는

이 시대의 명품이 되어야 한다.

명품을 사기 위해서 목숨 거는 인생이 아니라

옷으로, 가방으로, 신발로 치장하는 인생이 아니라

자신의 삶을 명품으로 만드는

위대한 사람이 되어야 한다.

부모는 그런 자녀가 되도록 기도해야 한다.

명품을 부러워하는 인생이 되지 말고

내 삶이 명품이 되게 하라.

-원 베네딕트-

브랜드가 경쟁력이다

얼마 전, L대리에게 향수 선물을 받았다. 샤넬이었다. 향도 좋았지만, 브랜드가 좋았다. 거기에 L대리가 해준 코코샤넬의 일화를 들으니 더 매력적이었다.

1920년대 폴푸아레와 코코샤넬은 패션계의 강력한 라이벌이었다. 하루는 푸아레가 검은색 앙상블을 입은 샤넬에게 "장례식에서 가시는 모양이군요! 누구 장례식이죠?"라고 비꼬며 질문을 던진다. 그러나 샤넬은 기죽지 않고 "누구긴요. 당신 장례식이죠."라고 재치 있게 받아친 일화다.

삼성경제연구소가 2009년 12월 14일 발표한(SERI-PCNBNABO) 조사 결과에 따르면, 우리나라의 국가브랜드이미지는 세계 50개국 가운데 20위를 기록했다. 2009년 한국의 수출액은 2601억 달러로 영국을 제치고 세계 9위를 차지했다. 한국의 경제력도 세계 15위에 이른다. 그런 실체에도 불구하고 국가이미지는 저평가된 것이다.

국가브랜드를 높이려면 세계적으로 유명한 인물을 발굴해서 홍보하는 일이 시급하다. 그러고 보면, 김연아 선수, 박지성선수, 신지애 선수, 박찬호 선수 등의 이름은 이미 하나의 브랜드가 되었다.

『Brand yourself』의 저자 데이비드 앤드루시아(David Andrusia)는 "자기 분야에서 최고가 되려면 무조건 열심히 하는 것 이상의 그 무엇이 필요한데, 그것이 바로 자신을 브랜드화 하는 전략이다."라고 말했다.

이름이 하나의 브랜드로 등장한 것은 1960년대에는 유명해진 디자이너로부터 시작했다. 특히, 디올은 자신의 이름을 아예 라이선스로 등록하기도 했다. 피에르 가르뎅 역시 점차 유명해지자 디올처럼 자신의 이름을 라이선스로 등록했다. 당시 치솟는 인기로 라이선스는 모든 분야의 제조업들이 선호하는 브랜드가 되었다. 그러고 보니 필자도 라이선스 등록을 한 셈이다. '박영실서비스파워아카데미㈜' 라는 법인명에 필자의 이름이 들어갔으니.

그런데 요즘에는, 개인에게도 고유한 퍼스널 브랜드(Personal Brand)의 중요성이 인식되고 있다. L대리도 퍼스널 브랜드를 구축한 명품 인재 대열에 끼기 위해 노력 중이란다. 필자가 명품 인재가 무엇이냐고 물으니, 명품 인재는 이런 퍼스널 브랜드를 성공적으로 구축해서 인력 시장에서 높은 가치를 인정받는 직장인을 말한단다. 명품 브랜드의 제품이 뛰어난 품질로 소비자들의 신뢰를 얻고 소비자들의 생활 가치 향상에 기여하는 것과 같이, 명품 인재도 마찬가지다. 자신의 퍼스널 브랜드를 기반으로 기업의 요구에 부합하는 능력을 발휘해서 기업의 성과 창출에 크게 기여한다.

LG경제연구원에서 보고한 미국의 한 조사 결과에 따르면, 브랜드 콘셉트와 비전을 가지고 있는 직장인이 그렇지 않은 직장인보다 10% 이상 높은 연봉을 받고 있다고 한다. 결국, 퍼스널 브랜드 구축은 1년 후가 아니라 5년, 10년 후의 자기 가치를 향상시키는 효과적인 방법이다.

이름만 대면, 대다수의 사람들이 아는 그들, 즉 퍼스널 브랜드가 있는 유명인들의 공통점이 뭐냐고 L대리가 필자에게 물었었다. 유명인들의 공통점? 순간 필자가 만났던 유명인들을 떠올려 보았다.

SBS의 '해결! 돈이 보인다.'라는 프로에 서비스 전문 감정단으로 참여했을 때 만났었던 개그맨 이영자는 필자를 만나자 마자 꽉 껴안으며 인사했다. "박영실 원장님. TV에서 자주 봤어유~" 연예인이 나 같은 일반인에게 이렇게 말하니 웃음이 나왔다. 몇 개월 동안 같은 프로를 했지만, 함께 촬영한 적이 없었기에 TV를 통해서만 나를 보았기에 했던 인사말이었는데 그녀 특유의 익살스러운 말투 때문에 재미있었다. 지금 생각해도 훈훈하다.

MBC의 '친절합시다!' 라는 프로에서 함께 반년을 진행을 했던, 개그맨 양원경 씨는 스텝들을 배려하는 애처가로 기억한다. 당시 끼니때가 되면 그 많은 스텝들에게 맛난 음식을 자주 사줬는데, 식사를 하면서 아름답고 착한 아내에 대한 자랑이 최고의 반찬이었다. 최근에도 방송국에서 가끔 만난다. '언제 나도 식사대접 한번 해야 하는데' 라는 생각만 몇 개월째 하고 있다.

KBS '아이리스' 에서 '김태희 이모' 역할로도 활약을 했고, 뮤지컬 '맘마미아' 에서 주인공 도나 역할로 인기몰이를 했던 배우 문희경 씨는 따뜻하다. 처음 만났을 때부터 그랬다. 따뜻한 눈빛. 친근한 말씨. 편안한 태도. 보낸 안부문자의 답 문자로 '고마워. 그런데 보고 싶다' 라고 보내는 감성. 배우 김혜수 씨와 함께 '좋지 아니한가!' 라는 영화를 촬영한 적이 있음을 알기에 필자는 그녀에 대해 물었었다. 어떤 배우인지. 그녀는 마음을 다해 '김혜수' 라는 배우가 '멋진 배우' 임을 전해 준다. 그 자리에 그녀가 있는 것도 아닌데. 그 순간부터 '김혜수는 참 멋진 배우구나!' 가 필자의 생각이 되어 버렸다. 그래서 나는 그때부터 묻지도 않는 다른 사람들한테도 전한다. "김혜수라는 배우 참 멋지대!"

그러고 보니, 필자가 만난 유명인들은 자신만의 색깔로 자신을 알렸고, 따뜻했으며, 먼저 배려했다. 그러면서 자신의 매력에 상대가 풍덩 빠지도록 끊임없이 노력하는 것 같았다. 그들의 브랜드는 이미 경쟁력이 되었다.

사람은 믿는 사람의 말만 믿는다

퍼스널 브랜드 구축은 자신의 적성과 능력, 지금까지의 경력 등을 분석하여 자신만의 색깔을 찾는 것으로부터 시작된다.

잘 생긴 배우 '장동건' 조차도 강점과 약점을 동시에 갖고 있다. 뛰어난 외모로 사람들이 그를 더 신뢰할 수도 있지만, 그 뛰어난 외모가 어떤 이에게는 부담스럽게 느껴질 수도 있다. 사실 이런 부담스러움이라면 누구나 한 번쯤 갖고 싶겠지만.

데뷔 초 카메라 울렁증과 무대공포증으로 어려움을 겪으면서 7년 동안 무명생활을 했지만, 이를 극복하고, 지난 2005년부터 올해까지 총 6개의 연예대상을 차지한 사람이 있다. 2009년 수상소감으로 "훗날 초심을 잃고 이 모든 것이 나 혼자 얻은 것이라고 생각한다면 어떤 아픔을 받더라도 원망하지 않겠다고 기도 했었다"고 한 국민MC. 바로 유재석이다. 그의 브랜드는 하늘을 찌를 듯이 높다. 필자의 남편은 주말에는 그가 나오는 프로만 쏙쏙 골라볼 정도니까. 왜 좋으냐고 물으니 그냥 좋단다. 그냥 좋은 거. 바로 그것이

대단한 힘이다. 왜냐하면 이유 없이 좋은 것이 가장 좋은 것이기 때문이다.

사람은 믿는 사람의 말만 믿는다. 그래서 이 시대의 많은 사람들이 자신을 '믿을 만한 사람의 이미지로' 만들려고 안달이다. 일단 그런 이미지로 만들면, 자신의 말에 힘이 실리기 때문이다. 하지만, 그런 이미지는 뚝딱 이루어지는 것이 아니라, 진실과 노력이 만나 자연스럽게 숙성되어야만 제대로 배어나온다.

고 여운계 씨의 장례식 때 우연히 MC 현영과 개그맨 홍록기와 함께 있던 유재석 그를 보았다. 생각보다 큰 키에 장소가 장소이니만큼 웃음기 없는 그의 표정이 생소했다. 그러나 내내 자신보다는 주변사람들을 먼저 챙기고 배려하는 모습이 몸에 밴 그를 보고, 남편이 왜 그렇게 좋아하는지 조금은 알 것 같았다. 그러고 보니 어느 누구와 방송을 해도 소외되는 사람 없이 상대의 장점을 살려주고, 프로그램에 적절히 융화되도록 보이지 않게 도와주는 그의 배려와 타고난 재치가 그의 큰 장점이었다.

장동건이나 유재석이나, 김태희나 박미선도 다 갖고 있는 강점과 약점. 그렇다면 퍼스널 브랜드를 성공적으로 만든 사람들은 무엇이 다른가? 그들은 약점을 보완하는 데 주력하기보다 강점을 효과적으로 부각시킨다. 그래서 자기만의 색깔을 창조하는 것이다. 다양한 색상의 옷을 입은 사람보다 단색의 옷을 입은 사람을 더 쉽게 기억하는 것과 같은 이치라고나 할까. 어떤 글을 보니 프로야구선수에 대한 설명이 있었다. 프로야구선수로는 다소 마른 체격을 가지고 있지만 빠른 발을 이용하여 4년 연속 도루왕을 차지한 선수. 큰 한 방보다는 단타 위주의 공격과 뒤 이은 도루를 통해 팀의 득점 기회를 만들기에 '날쌘돌이'라는 별명을 갖고 있는 선수, 바로 야구선수 '정수근'이다.

결국, 성공적인 퍼스널 브랜드 관리는 자신을 제대로 아는 것에서부터 시작한다. 그리고 남과 다른 '자신만의 색깔'로 승부를 걸 때 빛난다.

'사람들은 나의 옷 입은 모습을 보고 비웃었지만, 그것이 바로 나의 성공 비결이었다. 나는 그 누구와도 같지 않다.'라고 당당하게 말한 코코샤넬처럼 말이다.

브랜드는 마음을 조절하는 힘이 있다

'이 분의 이야기를 듣고 있으면 마음의 병이 싹 낫는 것 같아요.' '이 분이 팥으로 메주를 쑨다.' 라고 하면 그대로 믿을 거예요!

우리나라 많은 사람들, 특히 아주머니들의 마음을 조절하는 힘을 갖고 있는 브랜드가 있다. 바로 '김병후 박사' 다. 전문가로서 이론에 치우치지 않고 살아있는 상담을 해줌으로써 갈등과 좌절에 부딪힌 여러 부부와 가족들을 위기에서 구해 주었다는 평을 듣고 있는 그다.

여자들의 마음을 어찌나 잘 아는지 그가 여자, 특히 '아내들' 의 마음을 이 땅의 많은 '남편들' 에게 대변할 때면 박수가 절로 나온다.

며칠 전 10년차 아줌마인 친구에게 전화가 왔다. 그녀는 남편과 갈등이 생길 때마다 김병후 박사의 지침을 따라하니, 해결이 되더란다.

"얼마 전 신문을 보니 김병후 박사님이 아내는 남편한테 하지 말아야 될 말이 있대. ‘당신은 어쩜 당신 아버지하고 그렇게 똑같아!’라는 말이래. 사실 그 말은 내가 제일 자주 하는 말이거든. 그래서 얼마 전 싸울 때는 내가 마음 단단히 먹고 그 말을 안했거든. 그랬더니 남편이 그러대? ‘너 웬일이냐? 우리 아버지를 들먹이지 않고?’ 그래서 내가 그 박사님 얘기를 했더니 ‘그 분 참 훌륭한 분이시네’ 하면서 싸움이 흐지부지되더라고! 그 박사님 참 용하시지?”라고 한다.

사실, 그 친구의 마음은 그 말보다는 그 말을 하신 그 ‘박사님’의 브랜드가 움직였다. 그 말은 누구나 할 수 있는 말이지만, 다른 사람이 그 말을 했더라면, 그렇게 용하게 느껴지지는 않았을 테니.

그런 믿음의 브랜드가 그냥 나오는 것은 아니다. 방송관계로 가끔 만날 때마다 그는 한결 같다. 편안한 미소에 상대의 이야기를 끝까지 먼저 ‘경청’ 해 준다. 그러고 나서 자신의 생각을 논리정연하게 말한다. 그의 말을 듣고 있노라면 내 안의 문제가 이미 해결이 된 듯한 착각이 든다. 나도 그런 사람이 되고 싶다는 생각이 들었다.

자신이 어떤 ‘퍼스널브랜드’를 가질 것인지에 대한 구체적인 목표가 설정되면, 실천에 앞서 이를 마인드컨트롤 하는 것이 중요하다. 자신의 믿음에 따라 주변상황과 개인의 행동이 바뀔 수 있기 때문이다. 이는 한 병원에서 감기 환자들을 대상으로 실시한 실험을 통해서도 증명된 바 있다. 50%의 환자들에게는 진짜 감기약을 투여하고, 나머지 50%의 환자들에는 밀가루로 만든 가짜 감기약을 투여했다. 실험 결과, 두 집단의 감기 치료 효과가 비슷하게 나타났다. 바로 '플라시보 효과' 다.

믿는 것에서 나아가 좀 더 적극적인 행동으로 자기 암시를 활용하는 것도 목표 달성을 위해 좋은 방법이다.

자기 암시 효과를 극대화하기 위해서는 자신의 브랜드를 구체화하여 글로 적어두고 개인 슬로건처럼 활용하는 것도 좋다. 자신의 목표를 글로 적어두었던 3%의 졸업생들이 20년이 지난 뒤, 나머지 97%의 졸업생들이 축적한 재산보다 더 많았다는 미국의 한 대학 조사 결과가 이를 뒷받침한다.

그래서 나는 오늘 예쁜 노란 색종이에 이렇게 써본다. '경청의 달인으로 거듭나자!' 라고

국가브랜드는 매너 있는 국민이 만든다

2차 세계대전 당시 전 세계의 결속을 모으는 연설을 하러 방송국에 가야 했던 처칠이 택시를 잡았다.

"BBC 방송국으로 갑시다."

운전수는 뒤통수를 긁적이며 대꾸했다.

"죄송합니다. 손님. 오늘 저는 그렇게 멀리까지 갈 수 없습니다. 한 시간 후에 방송되는 윈스턴 처칠 경의 연설을 들어야 하거든요."

이 말에 기분이 좋아진 처칠이 1파운드짜리 지폐를 꺼내 운전수에게 건네주었다. 그러자 운전수는 처칠을 향해 한쪽 눈을 찡긋하며 말했다.

"타십시오. 손님. 처칠이고 뭐고 우선 돈부터 벌고 봐야겠습니다."

.

.

.

"그럽시다. 까짓 것!"

‘신사의 나라’라는 브랜드를 갖고 있는 ‘영국’에서 2002년 BBC에서 가장 위대한 영국인이 누군지에 대하여 설문조사를 했다. 셰익스피어, 뉴턴, 엘리자베스 1세를 뛰어넘는 가장 위대한 인물로 선정된 사람은 다름 아닌 ‘윈스턴 처칠 경’이었다.

그는 말을 할 때는 대화 상대의 눈을 바라보고, 지나치게 큰 목소리로 이야기하거나 호들갑스럽게 이야기 하지 않으며, 재치 있는 유머로 상대의 마음을 사로잡는 매너를 갖춘 사람이라고들 한다.

영국은 어떻게 ‘신사의 나라’라는 브랜드를 갖게 되었을까? 바로 ‘윈스턴 처칠 경’ 같은 유명인의 이미지도 한 몫 했으리라.

그러나 영국도 처음에는 ‘해가 지지 않는 나라’라는 옛 별명에서 알 수 있듯이, 알렉산드라 대왕 이후 가장 넓은 영토를 소유했던 과거의 자부심과 유산에 집착하는 낡고 보수적인 이미지라는 지적이 있었다. 이에 개혁을 몰고 온 철의 여인 대처수상은 1979년 취임식 후에 ‘디자인하라, 아니면 사임하라(Design, or resign)’는 말로 디자인의 중요성을 강조한 것이 모태가 되었다. 그리고 영향력 있는 인재를 끌어 모으고 언론을 통해 세계에 알리는 데 주력했다.

결국, 국가의 브랜드는 사람이 만들고, 사람들로 인해 전해진다.

그럼, 우리나라 ‘한국의 이미지’는 과연 어떨까?

"서울은 아름답지 않다."

"한국인들은 지나칠 정도로 나라에 대한 자부심을 내세운다."

"매너 없는 태도, 자기들 말이 항상 옳다고 생각하는 고집, 고정관념 등이 한국의 단점이다."

"한국 젊은 여자들은 유행을 광적으로 좇기 때문에 다들 미니스커트를 입는데 지하철 계단을 올라갈 때 그렇게 가리고 난리 치면서 왜 입나 싶다."

"지하철에서는 한국 사람들이 다른 사람을 구경하면서 들리든지 말든지 큰 소리로 조목조목 남 외모를 씹는 게 취미다."

지난 여름 인터넷을 중심으로 한국 폄훼 논란을 일으켰던 독일인 베라 홀라이터의 책의 내용이다. '미녀들의 수다'라는 프로에 출연해 유명세를 얻은 그녀는 많은 내용이 오역되었다고 밝혔다. 하지만, 만일 그러하더라도 많은 내용이 한국인을 씁쓸하게 한다. 1년이라는 길지 않은 체류경험을 가지고 쓴 책이기에 '우리 한국'을 제대로 모르는 '풋내기'가 썼으니 무시하자고 하는 이들도 있지만, 이미 이 책은 독일에서 출간되었다. 그러니 한국을 잘 모르는 독일인들은 그 책 속에서 그려진 '아름답지 않은 서울. 매너 없는 한국인'이 전부라고 믿을 수도 있다.

어떤 이는 제3자인 독일인이 평가한 한국의 현 주소일 수 있으니, 지나친 애국심에 따른 배타 주의적 태도로 그녀를 몰아세우지 말자고 한다.

그녀가 우리나라에 대해 '지나친 비하'를 한 것인지, '건전한 비판'을 한 것인지는 우리가 더 잘 안다. 그렇기에 '비하'인 부분은 버리고, '비판'이라고 생각되는 부분이 0.1%라도 있다면 우리 '한국의 브랜드 강화'를 위해서 적극 반영할 필요도 있다고 본다. 우리나라에 온 외국인은 '우리 대한민국'의 또 다른 '홍보대사'임을 명심하자.

유럽은 세상 사람들이 낭만적이고 부유하다고 알고 있으나 실상 갔다 온 지인들의 말을 빌리자면, 그 이면에 우리나라보다 부족한 부분도 상당히 많이 있다고들 한다. 하지만 자신들의 문화와 예술품을 소중히 하는 자부심과 좋은 이미지를 크게 부각시키는 이미지 메이킹 능력은 대단하다고 한다. 비단 유럽이 아니더라도 미국만 해도 그렇다. 할리우드 영화와 그들의 문화적 결부의 파워가 엄청나지 않은가?

특히 누구나 한 번쯤은 가보고 싶어 하는 '뉴욕'은 영화나 드라마를 통해 세계인들에게 이미 또 하나의 '나라'가 되었다고 해도 과언이 아니다. 여성들은 '섹스 앤 더 시티'라는 드라마를 통해서 이미 '뉴욕'과 사랑에 빠지기도 했고. 하지만 '꿈'을 갖고 갔던 '뉴욕’은 ‘꿈’이 아니라 ‘현실’이었다. 오래되어 낡은 지하철에는 쓰레기가 넘쳐났고, 브로드웨이 횡단보도에도 담배꽁초와 걸인들이 곳곳에 눈에 띄었다. 하지만, 아쉬운 점은 그 어디에도 있는 법. 자랑할 수 있는 ‘남다른 그 무엇’을 제대로 찾아 세계인을 향해 꾸준히 손짓하는 것. 그래서 세계인의 가슴에 ‘꿈’을 심어주고, 그들로 하여금 ‘러브콜’을 받게 하는 능력. 이제는 우리가 그 능력에 좀 더 힘을 실어야겠다.

행복브랜드가 최고다

'독일과 일본의 많은 브랜드는 그들의 스타일과 로맨스로 이익을 얻고, 영국의 브랜드는 주로 유머로 얻고, 네덜란드의 브랜드는 그들의 개방적 문화와 공감에 초점을 맞춤으로써 이익을 얻는다. 미국의 많은 브랜드는 자유, 모험, 리더십을 고취한다.'고 『글로벌 브랜드전략』이라는 책을 보았다.

그렇다면, 우리나라 한국의 이미지는 어떠한가? 외국 영화 속에 비친 한국을 보면, 1990년 이전까지는 6·25 즉, 한국전쟁을 겪은 나라정도로 묘사된다. 그리고 IMF 당시 프랑스 영화 '택시'에서는 택시에서 먹고 자는 한국 쌍둥이를 통해 성실하지만 돈밖에 모르는 이미지로 표현된다. 이후 IMF를 벗어나기 시작하면서 한국에 기업과 제품들이 PPL 또는 우연하게 비쳐진다. 대표적으로 매트릭스의 삼성휴대폰은 글로벌 브랜드가 된다. 그리고 '더 문'에서는 한국의 기술력을 인정하여 이 영화의 보이지 않는 큰 손은 바로 한국기업으로 묘사가 된단다. 게다가 소망, 사랑이라는 한국말이 기지의 이름으로 등장하고. 하지만 우리가 진정 원하는 이미지로 거듭나려면 더 정진해야 한다.

2006년부터 2008년까지 실시한 국가브랜드 맵 조사 결과, 외국인이 본 '한국' 하면 떠오르는 이미지로 '기술력'이 2년 연속 1위를 차지했다는 기사를 국가브랜드위원회 블로그에서 봤다. 2위는 한국음식이고, 3위는 드라마다. 그리고 영화와 연예인이 각각 8위와 9위를 차지했다. 부정적인 이미지인 '한국전쟁'은 6위로 하락했다. 그나마 위안이 되기는 하지만, 세계인들의 머릿속에서 '한국전쟁'이라는 이미지를 지우개로 지우려면 강한 그 무엇이 필요하다. 어린아이들이 '행복한 순간'에는 엄마에게 혼난 '악몽'을 잊듯이, '한국전쟁'이라는 악몽의 이미지는 '행복의 이미지'로 지우는 것이 가장 빠르다.

'노키아'가 총인구 500만 명밖에 안 되는 작은 나라 핀란드를 세계 곳곳에 알리고, 미국은 마이크로소프트가, 독일은 BMW와 메르세데스 벤츠가 세계 곳곳에 알렸다면, 우리나라에도 '삼성 휴대폰과 삼성 TV'가 있고 '현대 조선과 현대 자동차'가 있다.

이렇듯 제품으로 세계인의 이목을 끌었다면, 이제는 '감성'으로 그들을 '유혹' 할 차례다.

'평화의 나라' 하면 어디가 떠오르나? 바로 '스위스' 다. 외세로부터 침략의 위협을 받아온 스위스는 1815년 11월 20일 영세중립국임을 선언하였다. 이 선언과 동시에 스위스는 이 점을 국가 브랜드 이미지로 적극 활용했다. 얼핏 보면 '약한 나라' 라는 것은 국가의 약점으로 보이지만 스위스는 '평화' 라는 단어와 연결을 짓고 '평화를 사랑하는 영세 중립국' 을 국가이미지로 삼았다. 이런 이미지를 굳히기 위해 WHO(세계무역기구), WHO(세계보건기구) 등의 각종 국제기구와 회의장 등을 스위스에 유치하여 세계의 평화를 지키는 나라로 전환했다. 거기에 스위스의 아름다운 자연환경이라는 환경자원은 바람직한 시너지 효과를 불러일으켰다. 결국, 스위스 자체를 평화롭고 아름다운 나라라는 이미지를 풍겨낸 것이다.

그 이미지는 물론, '근면한 평화지킴이 스위스인' 이라는 이미지와 조화를 이루었기에 시너지가 날 수 있었다.

그렇다면, 우리는 '배려 있는 행복지킴이 한국인' 이라는 우리의 실체를 제대로 보여주어야 한다.

얼굴브랜드의 가치를 높여라!

몇 년 전, IDAS(국제디자인대학원대학교) 최고경영자과정에서 '성공적인 이미지메이킹 전략'을 진행했는데 지금도 생각나는 순간이 있다. 함께 하는 CEO 중 얼굴 표정이 가장 좋은 사람에게 필자의 책을 선물했었다. 그 때 필자의 기준은 자비롭고 미소 띤 얼굴로 사람을 대하는 '화안열색시'(和顔悅色施)였다. 그런데 성공한 CEO들의 얼굴에는 공통점이 많다. 얼굴이 환하고, 눈빛이 살아 있으며, 눈 맞춤이 좋다. 그 날도 우열을 가리기가 쉽지 않았는데 특히 필자의 눈을 사로잡는 CEO가 있었다. 원철스님이 '아름다운 인생은 얼굴에 남는다.'고 한 것처럼, 얼굴에 '아름다운 인생'이라는 브랜드가 찍혀 있는 것 같은 CEO가 있었다. 바로 G사의 C회장이었다. 최고경영자가 갖추어야 할 덕목으로 고 정주영 명예회장의 '어떠한 여건에서도 좌절하지 마라'라는 가르침을 늘 명심한다는 그의 얼굴브랜드는 '명품'이었다.

얼마 전에 명동성당에서 진행된 성스럽고 검소한 결혼식에 다녀왔다. 하객으로 온 사람들 모두 빈손으로 가서 선물을 들고 왔다.

축의금을 일절 받지 않았을 뿐더러, 참 아름다운 나무쟁반을 선물로 주었는데, 지금도 귀하게 쓰고 있다. S그룹의 L회장의 딸 결혼식이었다. 필자의 책 선물을 받은 C회장을 부러워하는 척(?)하면서 강사의 '기'를 살려 주는 미덕과 강의 내내 유쾌한 분위기를 주도했던 '리더십'과 유쾌한 그의 '표정'이 특별했다. 이처럼, 성공한 CEO들은 사람의 마음을 훔치는 특별한 DNA가 있다. 그 날 그래서 나는 더 열심히 강의했던 기억이 난다.

그리고 그의 딸 결혼식이 진행되었던 명동성당에서 모 출판기념회에서 만난 적 있는 배우를 또 보게 되었다. 그도 하객으로 온 것이었다. 나를 기억하기는 어려울 거라는 생각에 소심하게 인사를 했는데 의외로 기억을 했고, 반갑게 인사를 나누었다. '아이리스'라는 드라마에서도 탤런트 김태희를 사이에 두고 이병헌과 삼각관계를 이룬 캐릭터로 출연했던 배우 정준호다. 모 출판기념회에서 우연히 그를 보고 인사를 나누었는데 표정이 참 밝고 시선이 겸손했다.

그리고 보니 정준호 씨와 나는 인연이 있었다. 바로 '공공의 적 2'라는 영화에서다. 그 영화에 정준호 씨가 나오는데, 내 목소리도 그 영화의 첫 장면에 아주 조금 나온다. 배우 설경구 씨가 차 안에서 '웃는 표정 만드는 캠페인' 내용이 흐르는 라디오를 듣는 장면이 있는데, 더빙한 목소리가 나다. 말을 한다고 해도 별로, 중요하지 않은 그 실낱같은 인연이 그 때는 왜 그리도 반가웠는지 모르겠다. 아마도 정준호 씨의 얼굴 표정이 따뜻했기 때문이 아닐까 생각한다.

마침 그 옆자리에는 내가 참 닮고 싶은 표정의 소유자인 명품전문 쇼호스트 유난희 씨가 있었고, 평소 모임을 통해 친분이 있었던 그녀에게 농담반 진담반으로 말했다. "정준호 씨한테 사진 좀 찍자고 하면 모양 빠지겠지요?" 유명인에게 환호하는 10대 소녀도 아니면서 그렇게 말하는 내가 유치하다는 생각을 하면서도 그녀에게 말했던 것은 그만큼 그녀를 믿었기 때문인 것 같다. 모임에서 만난 것 외에는 따로 식사를 한 적이 한 번도 없는 그녀였지만, 유치한 말을 해도 그녀는 유치하게 생각하지 않을 것 같은 이유모를 믿음. 뭐 그런 거.

역시 그녀는 그랬다. 말도 '아름다운 표정' 만큼이나 아름답게 하는 그녀였다. "모양 빠지긴요? 나도 지난번에 정준호 씨 처음 만났을 때 사진 찍자고 했는데요!"라고 귓속말로 하면서 우선 나를 정준호 씨에게 소개해 주었다. 모 행사에서 그녀와 그는 행사 MC로 이미 구면이었기에 자연스럽게 소개를 받을 수 있었다. 그리고는 "만난 것도 기념인데 두 분 사진 찍어 드릴게요!"라고 한다. 마치 사진 찍는 것이 그녀 자신의 생각인 것처럼. 그날 나는 모양 하나 빠지지 않고 우아하게 사진을 찍을 수 있었고, 정준호 씨와 찍은 사진 액자는 필자의 집에 있는 책장에 자리하고 있다. 그것도 명당자리에.

이처럼 사람들의 마음을 얻는 '그들의 얼굴'에는 '브랜드'가 있
다. '명품'이라는 표시와 함께. 그들 각자 조금씩 다르고 특징이 있
지만, '명품 얼굴브랜드'에는 공통된 특별함이 있다.

와인 애호가들 사이에서는 '수천만 원을 주고도 못 사며, 수천만
원을 준다 해도 안 파는 와인'으로 불리는 것이 있다. 뛰어난 자연
환경, 풍부한 스토리, 와인메이커의 열정과 철학 등 3박자가 어우러
져 수백 년간 지존의 자리를 유지하는 와인 바로! '로마네 콩트'다.

'명품 얼굴브랜드' 또한 수천만 원을 주고도 살 수 없는 그들의
'아름다운 인생'이 표정으로 녹아 있다.
뛰어난 노력과 풍부한 경험, 그리고 그의 열정과 철학이 어우러
져 나오기에 그래서 특별한가 보다.
나는 오늘도 그들만의 특별한 'DNA'를 따라한다.